你是我最艱難的信仰

凌性傑詩文選

凌性傑——著

目次

卷二　寂靜之光

卷三　希望或失望的淚水

卷五　一個人守著文明的道理

好評推薦

曾有過那樣患得患失的年紀，莫名熱烈地戀慕著什麼。世界還很新，現在懷舊的歌那時正流行，小小聲播放在剛買的漂亮耳機裡，清亮迷惘的聲音，唱著這是孤獨，那是遼闊，什麼叫做美，怎樣算幸福。

有時也懷疑那些都是夢，都是虛假，過就過了，再也不值一提。但此刻這些文字在手中，像一杯無酒精的調酒，顏色與氣味那麼令人著迷、全心相信：總是有一些什麼留了下來，替我們所有人記得那年夏天——面向整片燦爛的海洋，曾經有人，願意對另一人說出傷心的秘密。

——詩人．作家　林達陽

凌性傑的詩篇，隱然的激越中，又如此情思婉轉，聲響迷人！是那種可以對著日月、大河、晨星、春花對看之後，慢慢誦讀的詩——馨香瀰漫，不止於興觀群怨……

——詩人・有鹿文化社長　許悔之

重讀凌性傑的詩，令人聯想起一隻張開黑翼，袒露雪白腹部的黑背信天翁（*Laysan Albatross*）。人們稱牠為「gooney」，一個可愛的小笨蛋，但也是勇敢的愛人。讀者何嘗不是gooney？緊跟著詩行（船體），不畏懼受傷；因為詩行美麗，我們與經驗豐富的詩人吟唱，混白的眼珠收納著雙重影像——他的詩擁有柔和的光暈，一座通往舊日的渡口。

——詩人　曹馭博

性傑學長寫詩、也寫散文，但都是從一顆透明純粹的心裡流出來的。周圍世界紛紛擾擾，生命路上雖也跌跌撞撞，對他來說，卻像是石頭經過無數次磨洗，最後都化成了溫柔的玉，透著安靜而低調的光。《我最艱難的信仰》裡收錄的大概是時間的精魄吧，歷經了許多輪迴轉世，才來到這裡，與自己素面相遇。

——詩人　陳雋弘

性傑老師的作品討論愛，但用曖的方式。如果愛是正紅色，多數的作品呈現在曖日之下，覆一層薄霧的粉紅色。少數有昏曖的陰影而不晦澀。閱讀老師讓我想起河瀨直美的電影。撞見尋常街巷、日常勞動中不時忽爾閃現的光時，讓我們心裡冒出這樣的念頭：或許一直以來都有隱形的精靈亦步亦趨。或許它就是「生活的甜蜜」？

——作家　陳柏煜

潮聲與島夢，履痕與視線，凌性傑的詩總能把我們帶到沃土上，看春雨種地，情思吐芽，開澀的花，結甜的果。

——作家　楊佳嫻

陽光甜暖，青春潮浪湧來又退去，留下柔白綿密的情思絮語。從《解釋學的春天》到《文學少年遊》，性傑老師以誠懇悅耳的聲腔，舒徐優雅的身段，於時光撇捺中穿越情絆，轉苦痛為祝禱，化遺憾為釋然。在精緻的詩文裡，我聽見那美麗、自由而勇敢的回音。如浪一般，陪伴著島上小小的愛的起伏——自信或惆悵，歡悅或憂傷，粼粼成為艱難而溫柔的信仰。

——**詩人　詹佳鑫**

凌性傑是充滿矛盾，並容易讓人誤解的詩人。……他的作品優美、迷人，節奏舒緩，似乎有耽美的傾向，但如果穿透他真正擅長的，對意識邊緣各種動靜的掌握，以及那些並存於華麗語法的矛盾指涉，便可以更進一步，來到真正的他隱藏的地方，領受到他對於生命本質無奈的認知與淡淡的哀傷。

——**詩人　羅智成**

自序

像是一封長長的手寫信

凌性傑

庚子大疫之年，學到的第一項功課是保持安全的社交距離，隨時戴起口罩，讓自己變成半封閉狀態的孤島。人跟人拉開距離之後，自己的面貌好像也變得不一樣了。大幅減少社交活動，跟自己相處於是成為這段日子無法迴避的測驗。

就在這一年的初夏時節，十八歲的惜物男孩跟我說，他最恐懼的事情就是心愛的收藏不見了。惜物男孩的房間，擺滿層層疊疊的盒子，盒子裡收納陪伴自己成長的文件與玩具，堪用與不堪用的都捨不得丟棄。父母親認為他的房間過於雜亂，要他妥善清理，丟棄無用之物，讓他因此覺得痛苦。我告訴惜物男孩，原來我們是同病相憐之人，幸好有你讓我覺得自己並不孤單。我也明白，這個世界上，能夠不役於物的人太少了，我跟惜物男孩還沒到囤積症的地步，應該不用太擔心。

我問過自己無數次，早已無用的物件，為什麼還要留著呢？惜物男孩說，因為那裡面有回憶，當回憶消失，我也就不是完整的我了。

然而，什麼是完整的我呢？或許我們只是害怕，丟棄雜物的時候自己成為無情之人罷了。

惜物男孩提出的困惑給了我改變現狀的機會，心念受到刺激，開始著手整理讓生活不清爽的物件。先是把二十年不穿的舊衣回收，接著捐出一千多本書，然後銷毀一千多封上個世紀的手寫信……。我跟它們慎重地說謝謝，跟這些經年累月的眷戀說再見。原本雜亂的心，一時變得乾淨空闊。跟惜物男孩分享這段歷程，最深的感觸無非是，必不得以的時刻到了，心念一定會引領我們做些什麼。

據說，力行斷捨離之道，同時可以讓體重減輕。在這個過程裡，我確實消去了不少體脂肪。

《你是我最艱難的信仰》正好也是在這段時日不斷刪節、割捨、增補，成為一本與回憶相關的詩文作品集，很像一九九〇年代歌手的新歌加精選。我有一批捨不得丟棄的CD，都是類似的精選，其中還有為數頗豐的套裝紀念品。雖然已經擷取儲存在電腦裡，某些實體CD還是繼續留著。回顧、整理這部詩文選集的時候，我整天播放與當年青春同步的流行音樂，想著如何穿越時間，與寫每一篇作品的自己說說話。

陰陽師安倍晴明說，名字是世界上最短的咒語。我一直相信，名字裡藏有巨大能量，會對自我與他人形成召喚。詩文選的書名原本擬作「更遠的地方」，意思是不斷向前探索，從當下觸及遠方。也曾想訂為「輕輕頂住全世界的黑暗」，用微光來標誌一種舉重若輕的能量，宣示抗衡黑暗的決心。最後確定取名為「你是我最艱難的信仰」，大概最能與跋涉多年的創作之路相互呼應。這條創作路途沒有捷徑，充滿了挫折與驚喜，一步一步走來，勉強可以說沒有自我辜負。沒有辜負自己相信的事，這是創作帶給我的，最珍貴的禮物。

西藏旅遊回來之後，我開始持咒、靜坐、有氧運動、重量訓練，為自己進行能量調理。後來，我把說話、寫作也當成累積能量的方式，從教學、書寫中獲得繼續相信的勇氣。創作的過程，是一次又一次施咒，除了清理內在秩序，也呼應宇宙的秩序。

重讀自己從一九九一到二〇二一的作品，各種情緒湧動，不太能夠平靜。面對自己曾經寫下的文字，有喜悅，有驚訝，有懺悔，有悲傷，我希望把有心念療癒作用的篇章收在《你是我最艱難的信仰》裡。相信是有力量的，把相信變成信仰，力量就會更強大。在創作裡得到信仰，像是貓頭鷹在黑夜裡睜開眼睛，像是寫信之後收到造物者的回信。一直相信的愛、美、真實、永恆，正因為我從來不曾背叛祂們，祂們始終沒有放棄我。我是多麼幸運，能夠與祂們在一起，無盡地對話，彼此詮釋。

執迷於書寫，當然也有悵惘困頓的時候。念碩士班那段期間，懷疑是容易的，相信是困難的。絕版多年的《解釋學的春天》保留了當年的懷疑，那時因為懷疑而有種種越界的嘗試，挑戰既成的文類規範，譬如破壞語法規則，譬如在詩跟散文裡擬代與虛構。我也常常化身鳥獸蟲魚，無比僭越地替他們說話，虛張聲勢，張牙舞爪。寫這些詩的期間，我迷戀幾位歐陸哲學家，把他們的思想做為生命的指標，行事張狂莽撞，以致常常挫傷。後來花了很久的時間，才終於清理掉那些有毒的思想。

對我來說，《你是我最艱難的信仰》可能是時間的咒語，也可能是一封長長的手寫信，寫給我所相信的人事物。每一個人生階段，要面對的課題不同，相信的對象也就不太一樣。高中開始發表詩文創作至今，三十年時光飄然走遠。這些作品串接起來，的確就像口氣不斷變化的手寫信。尤其是散文，訴說的口氣永遠是「當下的」，騙不了人的。那些不同階段的訴說方式，停留在關起來的時間裡，宛如一排蝴蝶標本，姿態形式各異。

時間摩擦聲帶，嗓音裡有了歲月感，這也是一件好事。

二〇二〇的尾巴，接獲文訊雜誌社的通知，「21世紀上升星座：一九七〇後台灣作家作品評選」揭曉，不會再版的詩集《解釋學的春天》被選入這份名單之中。這樣的鼓舞，讓我深深感謝，《你是我最艱難的信仰》收錄《解釋學的春天》多首作品，或許就是最直接的致謝辭。

謝謝作家朋友們一路扶持，謝謝編輯朋友們催生作品，謝謝讀者朋友的對話，因為有你們給予祝福，這本詩文集才顯得如此珍貴而美麗。

有對象可以投遞，有話想要說，是寫作者的福份。如今希望可以把《你是我最艱難的信仰》用幸福能量封印，傳達給願意接受這份禮物的你。

二〇二一、四、六

卷一

你是我最艱難的信仰

La dolce vita
——義大利文，「甜蜜生活」之意
為我親愛的那人而作

我也會在生活的此地說他國的言語
讓唇齒輕輕開啟威尼斯與天空
陽光下橫掛著棉繩晾曬那些
一再被生活穿上又脫掉的身體
那些笑聲隔著門窗閃耀
玫瑰盛開一天有好多次
在臂彎所及開始一天兩個人

我要去哪裡？我們要往哪裡去？

兩種問法都教我們的人生離題
花園裡的歧路使我對你充滿鄉愁
除了眼前所見，我們已然一無所知
那是我和你之間，也是我們之間
一個世界瀰漫水霧
還有模糊的香氣

這時候如果沒有我，你要去哪裡？
如果我忘記你，無法分辨什麼是
生活、什麼是日常，什麼是去去就回
你願意為我把那些過往的事物一一
命名並且貼上重新使用的標籤嗎？
讓我無知的快樂著，想像世界靜止
同一時間做同一個人你也願意嗎？

你不是我的、我也不是你的他人
雖然有時兩個人不代表我們
但是用皮膚就可以理解所有
形而上的問題，至於形而下的疑慮
則在不斷起伏辯證的左胸底
我伸舌舔著單球冰淇淋
那是整座佛羅倫斯，文明的天氣
或者歷史的陰雨。當我們
並肩走向一個叫做未來的地方
教堂頂端又傳出信仰與鐘響
我只是這樣一個人信你不疑

在我們的境內有一種神祕
有一種美好的抵達我不想忘記
我們翻譯著彼此，做著同樣的夢

有一把鑰匙可以打開所有的門
生活的甜蜜不在他方而在這
當下，讓我用聲音用簡單的思想
蓋一棟房子叫巴摩蘇羅，意思是
思慕太陽。哪裡都不想去了
就在這裡，餐桌上擺滿理想
我甘心在這裡把一生用完
就是在這裡，在睡眠之前
還有一點遙遠的光與暗
讓世間萬物安安靜靜
各自找到各自的房間

——選自《海誓》。第一屆林榮三文學獎新詩二獎

C’est la vie
——法文，「人生如此」之意

一個太陽過去一個太陽升起
我要用一千個月亮的時間
才能除去心中那個字
把你放進無人知曉的抽屜

那條街道的鳥聲也無人知曉
除了你，
除了透明的天氣
我總是在睡前溫習
在跟生活學語

辨認每一個日子的聲與韻

也可以是辨認
日子的生與運
哪種語法最有正確？
要說明我也沒有辦法
只知道有些字母不發音
我寫著起起落落的字句
卻偶爾弄不清楚筆順

你也願意嗎？跟時間低頭
讓它帶著我們生活
因為已經遇見你，我
就無法倒退著走進未來
無法一輩子只愛一個人

卻可以愛一個人一輩子

不需要夢見你
我就知道兩個生命
如何一體
我們就是意義
最終的居所
最有溫柔的解釋

——選自《海誓》

Je t'aime，在我們的島上

在我們的島上，有許多
我想告訴你的
神祕的地方：在大洋以西
如我懷抱的海灣
每一吋海浪拍擊著我們
陌生的語法說親愛的
這個世界，這就是人生
飛魚在陽光下
躍出憂傷。曙光鼓動
一萬尾鳳蝶的翅膀
那寂靜的森林在呼喊

時間的遺跡
在我們小小的島
要有愛的理由充滿

如果親愛的我說我自由的舟槳
始終離不開黑色的潮浪
浮游生物聚居在喜樂的場所
我要讓你聽見灰鯨在唱歌
牠們靠著聲納相互追隨
用力的噴出水霧
那是命運的集體
也是自己的孤獨

無法再擁抱你的時刻
我採集記憶和日照

哼著祖先留下的曲調
堅毅且果敢，漁獵於你不在的
任何方向。有時候瓶鼻海豚
靠近歸航的船，探出水面
旋轉著身體也旋轉著這個星球的重量
一顆汗水滴落，親愛的
你知道那就是了，我在這裡
日復一日完成生活的鹹與酸

我還要為你記得天空裡
所有的飛鳥。記住牠們的名字
指認牠們是一座一座
各自翱翔的島。然後告訴你我愛
這一日將盡，海面升起遙遠的星閃
你給了我沒有記號的海圖

微雨中我抵達一個黑暗的地方
南風吹起我又可以不自覺的向前看
在我們的島小小，有一個地方神祕
在左胸底下，有輕微的，愛的動盪

——選自《海誓》

島語

我終於相信
再也沒有一個地方
勝過我們並肩而立
看見的地方

世界變得新奇，我們
彷彿進入另一個世界
事物在命運中默默生長
讓人以為看見的
就是擁有的。除了
孤獨緩慢的思想

孤獨而緩慢的太陽

當幸福來到我的窗前
我記得每一吋海浪的去向
風的來處，夢中的城鎮
正在飄著細雨
沾濕遙遠的願望
而我始終知道
不可能是他人
也不可能是其他地方
容許在天空裡種花
容許記憶的燈都點亮

於是我們成為
擁有同一種時間的人

太過美麗的信仰讓我來到
這當下，在彼此的胸口
靜靜睡著像是回到了
星光下的家

——選自《島語》

愛斯基摩小屋

還有一個地方
我們可以回去嗎？
當這世界拒絕美好
時間之外一切封凍

我想像我們的
未來，屋簷與磚瓦
連同來時的路徑
一片茫茫的白

眼中仍然輝煌，我們

用彼此的身體記錄身體
還有命運的到臨
獸皮底下有輕微的不安
雪屋中燈光悄悄漲滿

在我們之外
事事如常
獵人扛著槍巡行
北極熊與海豹奔竄

再靠近一點，我要
昨天的事陪我們度冬
或許再過去一些
我們可以輕盈的遺忘
這冰的世界，最真實的謊

面對事物自身，我們在
歡樂的呼吸
以寒冷阻絕寒冷
用愛忘記愛

——選自《海誓》

太平洋書簡

親愛的W，你知道的，我喜歡七、八年前我們陷於感情低潮時期的出走。我們一起來到這裡，指認小小的港灣，奇萊山，木瓜溪，南濱或北濱，洶湧的星光海。夜晚，在窄仄街市尋覓餛飩湯中飄逸而出的幸福。幸福不過是，似無目的的遊蕩，散漫的牽手，偶爾打幾個飽嗝。以後就在這兒安家落戶吧，我們這樣願望。那時以為，感情的雪崩即將過去，接下來就是春日初晴，逐漸消融眉頭殘雪。

於是我說，你是我的，第一志願。呵呵，你說，我也是你的。

如果人生的好惡可以排序，親愛的W，與你一起草草描繪的幸福藍圖，毫無疑問的穩居第一寶座。而這一片山脈與海浪的隊伍中，升起人間燈火，我努力生活其間，並且視為第一志願。江國香織在小說《冷靜與熱情之間》提到：「人，不是回到他人生的某個地方，而是他存在的地方才有人生。」離開了臺北城以後，我們各自在某地，遇見某些人，遭遇某種不一樣的人生。我感受到寧靜與喜悅的片刻，總也想著，你的身邊有誰給你幸福？

我高速穿越，從過往的想像到此刻的真實存在。穿越過寂靜而寬坦的公路，遠方的遠方，像是沒有盡頭的，壯麗的詩。我想像不遠的海面有飛旋海豚，破水翻騰。更遠更遠，大翅鯨繼續牠的航程，偶爾快樂的發出聲納、噴出水柱。

我仍是你所熟悉的溫體動物。

即便此刻，我已從堅信不疑的幸福想望中流亡出來。即便，有些關心與愛仍然在，而我已經無法再擁抱你。我仍願意訴說，信仰美與愛。

你不在身旁，然而我想，這就是了——

臺島之東，太平洋以西。

生命的洄瀾、生活的理想與渴望，實式憑之。

——選自《關起來的時間》

痕跡

我們都要橫過大洋，必定要相遇在同一的狹船旋即分散。平凡或不平凡的生活中，我們終會分道揚鑣去尋索存在的本質，生命的原貌。我只能很本能地想望，在彼此有限的交集裡，多唱幾支閃亮的歌。在茫然不可期的未來，用記憶埋下一些希望的種子。如此，當我們同登了生之洋彼岸，才能坦然見證彼此揚帆而來的順遂或者困蹇。我們也將拼湊起一幅看海的圖畫——有你的笑語，有我的歌聲，有夏日、陽光、冰淇淋，我們輕輕走過的事。

我是海洋，思潮起伏後風平浪靜的海洋。

「真正的勇敢，不是不畏懼，是能承受。」這是寫給你的信裡，至今還記得住的話。那歌中女子也是勇敢的，她承受了生命的悲愁喜樂，讓所有風華絕代都沉澱為一句"Do you know what paradise is? It's love."——什麼是天堂？

是愛。

哪一條路通往天堂？我還在摸索著，想你也是。我們這樣的年紀能夠遭逢的著實有限，往往堪不住人世的雪月風花，敵不過平淺得可憐的少年愁。這是迷惘，也是困頓，要真正承受過，才夠資格獲得這事的價值。

風簷下我們展讀流過的年歲，庭前斑駁有雨過的痕跡。鴿子時而埋首啄食時而紛紛飛起，偶爾，也落下一點輕浮的絨羽。倦極的時候，正好浮雲為遠天的昏黃敷彩。這才從從容容地，隨意談起生命的吉光片羽。

如你所說，我們總會長成。

——節錄自《關起來的時間》。第十二屆全國學生文學獎高中散文第四名

港誓

關於愛，我願意學習
碼頭邊的拆船工人
努力修補壞掉的人生
陸地上的生活總是這樣
時時敞開著裂縫
而且缺乏想像

我願意學習，關於愛
以及無比奢侈的寬容
任由汗水跟眼淚滴落大海
希望有這個運氣
讓我陪你一起懷疑

一切合法的約定或是
太過無恥的美麗
航行的時候
如何攤開海圖？
如何帶著家鄉事物的味道
在另一個港口停靠？

我們暫時把身世
寄放在這裡好嗎
先讓我用身體發出
氣笛的聲響
讓每一吋航道
從此充滿歧義

我夢見我買了一艘遊艇

說要帶你去
去到一個被許諾的基地
轉著輪舵的我
在末日到來之前
不想給你放棄

——選自《海誓》

後記：

寫這首詩的時候想起，二〇〇六年十月十九日的新聞：ＬＶ集團委託高雄市遊艇公司改裝完成的豪華遊艇「阿美達斯號」順利交船，傍晚時由菲律賓籍工作船拖往香港。二〇〇四年這家公司以三千萬美元承攬工程，寫下臺灣遊艇業單筆訂單最高價之紀錄。近日在電視上重溫這則訊息，以及遊艇業的相關報導，對海洋國家的未來充滿想像。

因為，我與我的愛，也都是高雄製造。

海誓
——給世界唯一的你

歡樂的命運我們擁有
每一天，潮汐定時漲落
每一隻水鳥找到迷路的方向
每一艘船讓自己發懶、打鼾
夜航的客機在我們頭頂上
在星星與月亮之間
穿越三千多個春天
帶走那些被調暗的藍

如果可以，我想回到你
身邊仍然空曠的記憶
回到我們陌生而羞怯的身體
語言是存在的語言
雨滴是天上的雨滴
我們偶爾感到憂愁
只為了分辨喜歡與愛
願意或是不願意

重要的是，時間的海
還有那些寫在水上的字
只有經得起洗磨的
才能存放在這裡
十九歲的告別已經模糊
當時沒有岸，我只記得

我們說了好多洶湧的話
胸懷之中好多洶湧的理想

住在活生生的身體裡
開始懂了，也相信了
我們擁有命運的歡樂
是世界中的唯一
你就是我，最孤獨的海
你就是我，最艱難的信仰
世界上唯一僅有的花
世界唯一的你

——選自《海誓》

要幸福啊

我竟非常喜愛此刻，沒有誰為誰流淚，而愛已經消失在愛中，遺憾停留在遺憾裡。這就是了嗎？成熟，理智，快樂不那麼顫抖，難過也不那麼顫抖了。我多麼希望一場冷雨，撲打擋風玻璃。我便能旋動雨刷，來回的，刷，我熟悉的道途風景。刷，這一路彷彿未曾靠近的遠離。或許當冷熱空氣相遇，窗玻璃起霧，輕輕按鍵，所有模糊盡皆除去。

此刻，我喜愛迅捷的滑行，優雅的轉彎。我喜愛這沒有仁慈只有真實的魔幻時刻，默讀各自的人生，不對彼此怨尤。有一天我要忘記的，那曾經發生過就不可能忘記的事。忘記流星飛墜時刻，曾有牽手擁抱親吻。忘記蘋果熟落，這世界有繽紛的微笑與甜美。

你說，我們不會有未來。是啊，然而我們為什麼要經歷這一段過去？沒有後悔，沒有可惜。離開了，所有卑微、受過傷的生命，其實都還熱血而溫暖。

你要幸福啊，我已將你的雙翼還給了你。在你迎風飛翔的時候，我也已經自由得沒有言語可以形容。

——節錄自《關起來的時間》

乾淨

海的那邊是什麼
你有沒有看見？
天空比我的心還灰
你有沒有看見？

思想輕微，遠方的海浪
來回推移著整個下午
窗台上草本植物與往日
為著快樂而搖晃

面向無人的街道我們

聽著寂靜在耳朵裡泅游
我們不說話的時候
就有不說話的美好

心室與心房被時間
填滿，我們住進彼此
時時不忘清洗，為了
某種所謂將來，所謂
人生的理想

——選自《海誓》

我睡在你的呼吸裡

往事已沉落，我睡在你的呼吸裡
你的眼睫為我圈住一則神話
一個夢在草原上，星光開始流浪
流浪到此，無花果樹有了花與果實
那幾乎就是從你到達我的距離
我們之間只隔一層肌膚用心跳交談
也幾乎就是從你到達我的時間
一個一生與另一個一生重疊
我變得沉默，相信總是無法解釋的那些
如果我不在這裡，就像是不曾活過

五月的櫻桃仍會好好的長著嗎？
你會願意記得嗎？什麼叫做自然而然
一切發生學的假設唯有嘴唇知道
雨下在我們喜愛的故事之外，所有的雨
幫我們把世界滴落遺忘。所有的
遺忘讓我更相信在無常裡
幸福就是對重複有渴望
我想起不曾有你的那些天氣
日子只是過下去而已
當你一腳踩進我的夢，我想跟你走
走到兩雙鞋沾滿泥土，終於又回到
生活。我在說夢話時還有你的手可以握

你的呼吸裡也有我的呼吸
這是我們慣用的祕密，某種語法

結構已經涵括了聲音與意義
無所事事的夜我把一生的憂患
收納在這個沒有名字的房間內
一定是同一人，一定是同一個目的
教整個宇宙拉滿琴弦，胸膛吟哦著
靈魂樂。我與你也只有一個真理、
一段歷史，頂多是兩種敘述
不曾隱瞞每日，每日的光裡
讓我想一想，什麼才是必需
越過意義的河流我便忘記
橋下的水聲。機遇之歌
將世界的燈火都捻熄
我們如此相遇

我們如此相遇然而

黑暗的呼吸裡我們睡去
此刻我們擁有最安全的門鎖
你知道什麼是唯一的密碼
再也不屬於生命的都消失無蹤
我可以記住天上的候鳥如何回家
我可以記住萬物的時鐘如何轉動
沉落的往事，換成低低的鼾聲
然後是偉大的靜默了，然後是
不曾發生過的神蹟，然後是……

——選自《海誓》

約定

睡在彼此的氣息裡，我多希望可以作同一個夢。那幾乎是一則洪水神話了。你囈語不斷，醒來才說夢見山崩海嘯，我們拉著手一路奔逃。唯有對彼此，我們決定了，我們不躲了。是命運帶我們來的，希望我們往後的人生也只會有同一個解釋。

此刻我孤獨難耐，沒有你在身邊。但是知道很快很快，你會飛奔向我，好像羚羊或是小鹿。漫漫人生，我知道你會跟我一起走。我說要為你指認天上的飛鳥與星辰，辨明什麼是日常什麼是生活。再也不能是他人了，你說。我點點頭，再也不能是他人了。

關於相信關於愛，《聖經．雅歌》是這麼記錄的：「我們早晨起來往葡萄園去，看看葡萄發芽開花沒有，石榴放蕊沒有；我在那裡要將我的愛情給你。」我將看見，葡萄在葡萄的園中，花也都開好了。

——節錄自《找一個解釋》

騎士

之一

當惡夜來襲
生活一吋吋迸裂
我無法阻擋絕望發生
惡人奪去相愛的權利
奪走我的希望
我只能推開
一扇又一扇壞掉的門
尋找這個世界上最完整的心
在無人拯救的風雪裡

用閃著金光的武器
保護那些可以相愛的人
也把自己的良心固定妥當

之二

我彷彿聽見親愛的人
在絕境中呼喊
空中忽然滿布飛霜

一無所有的時候
我反而變得更加勇敢
用殘破的兵刃
迎接沒有眼淚的時刻

絕望已經發生
敵人試圖洗刷我們的記憶
奪走我們的信仰
我對著虛無揮動戈矛
一步步走向
可以相愛的地方

二〇一八、二

短歌行

之一、存在

低頭看看日常
發現世界還有另一種香氣
自己的存在
也成為了愛的證據

之二、傳說

有一種歡樂，有一種哀愁
美麗的日子成為傳說
還你淚水的人
也把往事都還給你了

之三、從前

我們曾經擁抱
沒有保留地愛著
從前的月亮
從前的山巒
從前的快樂
從前沒有預料過的感傷

之四、祈禱

我祈禱，還有能力
為你掛上彩虹珠串
把咒語放進你的眼瞳
讓星光潛入
你來不及關閉的心

之五、不夠壞的時代

在這個不夠壞的時代
我們努力獲取生活之所需
在霧霾來時一如以往地
吃飯洗澡睡覺，並且
持續地相愛

二〇二一、一

我相信

外面的世界還有許多
煙火，還有許多如果

我知道在自己的房間裡
又將夢見什麼：
沒有名字的天空
情感與思想都靜默

關上燈以後，仍樂於相信
那些會流淚的星星

——選自《海誓》

自己的世界

S問過我，還記得青春期的愛戀與慾望嗎？當時間過去，那些愛與痛是不是比較不讓人心悸了？我對S說，當然是。特別在體貌逐漸衰頽，感官變得不那麼敏感之後，愛恨都不再像往日青春那樣熱烈了。只是人生的每一階段，要面對的課題多有不同。該愛戀、該傷心的時候，就盡情的愛戀與傷心吧。我也記得很久很久以前，那些月光灑落海上的夜晚，我幾次與不同的人並靠在船舷上，讓海風吹得衣襬飄飄盪盪。我一度以為刻骨銘心的，怎知不消多年就已經從心頭煙雲消散。甚至，再也記不起了。

十八歲的S說起生命最艱難的情境，不是與他深愛的人兩相阻絕，而是那人就在眼前，自己卻無能為力。S聽著那人敘述，如何與另一個人交換體溫，新的故事如何開展，徹夜思之不禁掉下淚來。

十幾二十年前，我不也是這樣嗎？被別人決定了自己的傷心。

如今，那些，那些，曾經澎湃的哭與笑，隨著時間去到我竟未知曉的地方。

——節錄自《彷彿若有光》

春雪

有一陣子，我高一的英文老師常帶著三島由紀夫的作品，得空就津津有味地讀著。因為好奇這位有品味的中年人到底被怎樣的文字吸引，我將老師放在講桌上的那些書的名字一一記下，從圖書館借出，試圖挖掘其中的祕密。《假面的告白》、《潮騷》、《愛的飢渴》、《金閣寺》、《禁色》這些書，半懂不懂地啃著。高一時讀小說，大多時候被奇情吸引，沒有真正理解人心的奧祕，只覺得這個作者應該既彆扭又變態。同時心裡納悶，風度翩翩、會講高級笑話的熟男老師怎麼會喜歡讀三島由紀夫的作品？

很久之後，發覺那些小說的情節忘得差不多了，但精神似乎還記得一些。要在更久以後，「豐饒之海」系列才讓我明白自己那些彆扭而極端的愛是怎麼回事。年輕飛奔的日子，做一個任性的人，本來就是一件得意的事。自以為得意，耽溺於這種情緒，我或許也是一個變態之人。

電影《春雪》裡，妻夫木聰與竹內結子愛得癡狂，越是不可能越要去愛，越禁忌越美麗。電影情節角色雖然與小說原著有異，但精神還是一致的。李屏賓的攝影尤為一絕，讓你想看卻看不到，一時浮想聯翩。三島由紀夫的青春哲學如此燦爛，如此狂暴，愛是自虐，是自我捆綁。

橫渡青春之海，愛與怒兩皆狂妄，再做一些必然要後悔的事，這曾是我的天份。看著比我年輕兩輪的青年也有同樣的行徑，更加明白勸說無效，能做的僅僅是陪著他們，一起見證後悔之必要。

我不知道當年的英文老師為什麼讀三島由紀夫，但一直記得他的寬容，從未對我們表示過失望。或許這其實只是我的幻覺吧，或許只能成為一則夢中日記。世間因緣變化總是不由分說，春雪消融，櫻花開得滿滿，時間流轉，心是心的囚牢，自己是自己的侷限。

電影《春雪》裡的奈良月修寺師太，由七十五歲的若尾文子飾演。若尾文子是三島由紀夫的故人，是戲劇夥伴。三島由紀夫自裁消息傳出，若尾文子把自己關了一整天。小說中、劇中的月修寺，取材自奈良圓照寺。三島由紀夫寫豐饒之海，多次到這兒找靈感。若尾文子晚年演出三島由紀夫小說改編的電影，心中想必有一份重逢的感受。那或許也是，跟往事的重聚。

三島由紀夫相信，一切有為法，來日必定可以再相逢。我也這麼相信著。感謝那些曾經相愛（相害）過的人，真正的愛沒有消失，只是變幻流轉。

愛是什麼？

愛是冰火菠蘿油，放久就不好吃了。

二〇一六、三、二十五

卷二
寂靜之光

春日聽馬勒第九號

痛苦是什麼？痛苦是
我再也不願意待在這身體裡了

生之幻覺張滿胸膛，又有
琴弦澎湃當我行經寂靜的長岸

或許是半個月亮照著舊日的槍傷
或許是一座海洋在胸口搖晃

我握緊拳頭手又張開，我親近
其他寂寞的身體，記憶要解離

世界吹起熄燈號之前，我
還要赤腳走進荊棘密布的花園

那時沒有什麼是痛苦的，定音鼓
有時遙遠，沉默掀起海嘯

該要想起什麼呢？在夢的最後
一個人用一生走入一個黑暗的房間

待在這房間裡我是再也不願意了
我的靈魂綻放，時間就要關起

——選自《海誓》

寂靜之光
——給不及來到這世界的孿生兄長

1

有時我也懷想那一片溫暖
包覆你我的海洋
海洋之外，彷彿有光
鑽進黑暗的心臟

2

八個月的樂園在旋轉，我們膨脹
共同擁有八個月如潮的歌唱
彼此推擠碰撞，你是我的支點
我與你一樣貪婪一樣憂患

3

沉默的泅游我懷念
母親小小的宮殿充滿，我們
口鼻被生命的黏液充滿
某一個夜裡我們祕密航行不想靠岸

4

你眨了眨眼我知道，你或許
流了淚但不一定傷心
我知道，在世界還沒開始的時候
你就已經感到厭倦說不出口

5

這世界引產了你我，我畏光
生與死不過是，你跟我在握手
從你無法心跳的那一刻起
生命在我身上有雙倍的重量

6

不過是生與死，我舉起小手
哭喊。再來我把微笑掛在
你走了之後的月亮上
這世界有我的眼睛為你在放光

7

如果你始終存在而我也未曾離開
這一場人生，那麼你會告訴我嗎
你願意，你愛。以我的耳目為耳目
陽光底下，那些花兒的憂鬱綻開

8

鳶尾花開落如恆
親愛的哥哥，我想你已經為我
割下自己的耳朵，戳瞎
自己的眼睛被自己與命運遺忘

9

我將為你封閉一座星空
建築一處銀白色的迷宮
我願意跟你，一起
在世界盡頭的花園流淚

10

那隻昨天的手我尋找
櫻桃樹果實結滿
有時生命完整而美好，許多
故事在我心裡為你存放

11

這幾年在路上，我大踏步流浪
常常我也只是一個人在受傷
一個人砍倒一棵樹
一個人說謊，一個人承當

12

我需要好多的寂靜
好多好多的光
用我綿長的一生
完成對你的想像

13

人生實難，難的是
鬆手，不難的是握緊拳頭
如果走過，你對人生
是不是也有好多話說？

14

當時間過去，這世界
有崩毀，有成全
在寂靜的光裡有了
恍然的明白

——選自《解釋學的春天》

白露

唯有走入死亡，愛情才成其永恆。親愛的D，我突然想起自己大學時候跟一段愛情訣別的姿態。男生宿舍走廊上，日光燈冷然灑下，我抖索著身子，抵抗最後的春寒。人間四月天，清明微雨，我已經形神渙散，面對牆壁木木的站著。電話線在我手裡纏繞又纏繞，我與伊細數過去與將來。那回的分手電話講了徹夜，我與伊反覆的辯證，可以不要愛了嗎？既然是這樣的痛苦，那麼統統都捨去不也很好？

於是自春徂秋，我身上非黑即白，為那段愛情守著喪。這樣的歷程與感覺，現在的你一定都知道。我感覺害怕，怕你青春換為朝露，瞬間晞逝。我終於又在你身上見到那種艱難——求之不得，苦亦隨之。我那重度憂鬱的學弟說，放棄是最好的百憂解。但是我要問，有沒有辦法給自己一個理由，說不要放棄呢？

——節錄自《男孩路》

夢中教室

常常是這麼開始的，我並沒有等他
很久。一切就發生了
仰望過的光，從窗口
帶來一些些詮釋與理解的風
以及浮在空氣裡的塵埃
他有好多好多話，說是跟存活的奧義
有那麼一點相關。有好多好多話
就在相信與不相信之間
讓聲音變得冗長偶爾塞擦，爆裂出
預期之外的神祕想像

粉筆灰在童年之前，或之後？
輕輕的飛翔，輕輕的，將我帶往
別人終於成為他自己的地方
看見山邊，雲在上，河流在下
並且認識某一種人生
而我仍只是在課桌椅上
努力的想要辨清現實的模樣
什麼時候我們失去了鐘聲
卻沒學會自制和勇敢
一切常常，是怎麼開始的？

我喜歡他語句中夾雜著沒有意義的
清喉嚨的抖音。喜歡詞與詞有了空隙
我乾淨的窗與遠方的山脈之間
靜靜飄落這個春天以來第一場不太冷的雨

好像沒有重量沒有色澤沒有聲音
隔座已經昏睡，我還堅守著
在醒這一邊，張開全身毛孔像張開耳朵
只為了捕捉，另一次清喉嚨或是吞嚥口水
不連貫的催眠。他說你們要知道
我終究什麼也無法傳授

其實我們不懂，只是附和著點頭
他說這樣很好，很好
但是有人早退、遲到。我感到
奢侈又幸福。當時間過去
窗玻璃開始起霧
而有些什麼話，與我默默相關

——選自《解釋學的春天》

濕樂園

當你離去的時候請記著
遺忘是樂園的道德
不連續的遺忘仍被存在所鍾愛
我固守的村莊仍然貧瘠但安詳
廣場上群眾喧嘩
乞丐聚集，每天晚上表演吞火
每個人都害怕和他們一樣
躺倒路旁多麼需要睡眠來療傷

會否降臨天使，會否，金色小蛇的哭聲
懸掛。隔著厚重門窗

我不過是在呼喊，連狗都無法原諒
我的女人轉動咖啡杯，占卜，這一生
我的自由與選擇被畫成樹狀
皺紋加深虔誠，有犧牲有盼望
雨季來或不來？
長年的乾燥，憂鬱，厚植了饑荒
陽光哺育陰暗的眾生相
這世界魔鬼出沒，教堂裡搖曳燭光
有人選擇把靈魂典當給上帝
有人選擇瘋狂

教堂外圍繞著蘋果樹，紛紛墜下的
巫女之死。她們焚燒預言、暗示的恥骨
鮮紅的，憐憫與幸福

噢！瑪莉亞，長長的髮絲逼緊黑夜

月光、河流、雙人舞、手風琴以及鈴鼓
誰這時孤獨誰就擁有最後的果實
誰現在忘記誰就可以永遠孤獨
流著血的聖歌，誰都可以拿來沾著餅乾吃
如果那是最完整的背叛，如果有絕望……
他們說這樣下去很好，請繼續，熱淚與禱告

我不過是在呼喊，我必須呼喊
我的身體必須被擁抱被信仰
然後有光，乳汁漲滿胸膛，要水的得去水
要溫暖的便有溫暖。這是你走了以後的
灌溉，毀滅的甜蜜，大家彼此熟悉
已經非常潮濕了，這廢棄的樂園
連狗都無法原諒，連狗都想
原諒我放開天空的柵欄，痛並遺忘

雨水沖刷淹沒，狂歡節
美麗的黑眼睛正在異樣地閃亮

——選自《解釋學的春天》

在黑暗中漫步

遇與不遇之變，往往是心中頓覺這回躲不掉了，才有了明白的輪廓。每每，我臨事而逃，無勇無謀。直到能承受，才知道普魯斯特說「幸福的歲月是失去的歲月，人們期待著痛苦以便工作」原來不假。病體纏綿的他以綿長苦痛構建長篇，關閉自己以向更遼闊的靈光開啟。寫作是一種病，無藥可醫。

肉身果然可以證道嗎？我已經不懷疑。

生命中最美好的時刻是已經消失的時刻。在記憶中，我們自身與機遇靈光相互召喚，讓這美好一而再、再而三，我們輕輕抖顫，享受不自主的狂喜，反覆達到高潮。

汗水滴落，我想要一個濕淋淋的擁抱。我的身體會認人，儘管它已經對人感到陌生。黑暗中我的眼睛在放光，光之中，時間消失得沒有任何意義，再不需要任何無謂的意義。

——節錄自《關起來的時間》

在自己的房間裡

一、單人睡眠

時間過去，我翻了個身
壓倒一座彩色的夢境
燭台上的火苗持續跳動
不斷地抵抗這個世界
黑暗過重，清醒展開逃亡
從一個巢穴躲進另一個巢穴
身旁沒有他人，他人的體溫
房間的胃納裡因而顯得空曠
不必相互敷衍，擠壓
可以安靜等著被吞嚥消化

昨天在牆上留下掌印
今夜的月光依然照耀其上
記憶從一閃而過的微笑開始
窗外停止雨水，悲傷並不存在
車子越跑越快，橫越陰影地帶
生命的岩壤質地堅硬，醒或睡
穿鑿出一則則鏗鏘的預言

無以為靠的年代，我仍相信睡眠
那是一處可以安穩的角落
蜷曲，舒展自己，像一匙茶葉
因滾燙的浸泡而愉悅起來
遠處教堂的鐘聲淹過暴虐的天空
慢慢腐蝕著動盪，太長的一生

二、孿生想像

世界上一定有另一個人
與我懷抱相同的異教信仰
相遇時，我們將在原地用力親吻
證明齒舌還能夠年輕地顫動
只是鐘擺過於早衰，噹噹
咚咚的，敲捶所有動植物的耳朵
搖晃的樹葉一片片黃落，已經
過了九月，閉上眼睛就能遺忘

"Try to remember the kind of September."
（九月的肅殺與溫暖，我們躺下）
唱盤跟地球總是轉啊轉
以至於我老是暈暈的

告訴自己，上帝還在打瞌睡
噁心地流口水。他沒看見也看不見
戰爭在遠方，在我的房間以外
殘暴的光多麼無私
戳戮每個人的雙眼，焚燒
每個人的家園。每個人都帶傷
連疤痕累累的故事也在尋找安住的地方
與我相同信仰的人，或許正置身其中
以我不懂的語言想像一個乾淨的房間
想像一頓晚餐，想像一首歌，想像
我，以及一些來不及想像的事物
我們的靈魂收容彼此，讓世界安靜
卻日復一日地在自己的房間裡喧鬧起來

——選自《解釋學的春天》

所有事物的房間

「我們藉由重新活在受庇護的記憶中，讓自己感到舒服。」

——加斯東．巴舍拉，《空間詩學》

近幾年屢次搬遷，發現隨身物事日漸沉重繁多。於是物件去取之間，頗費心力。留下的那些，當然是自認重要的。即便在租賃來的空間裡，亦要好好收存，以為懷念之憑藉。我一直堅信所有事物必須有家可回，一切的記憶才能算數。

我始終相信，一個人幼年的空間經驗，主宰了他往後認識世界的方式。一直到現在，我揀擇居所，仍然以乾淨、明朗、安靜為優先考量。然而我就在那個光亮溫暖的舊居，先後送走了父親與祖父。庭前芒果樹鋸了又長，夏天一到便被陽光催熟，果實纍纍低垂。

住入新的家屋，我喜歡小小的世界收容該存在的每一事物。每一個櫥櫃、抽屜，讓細小事物各安其位。一盆赭紅色的蘭花兀自把花瓣一一打開，彷彿是杜詩在我眼前輕輕告訴：「易識浮生理，難教一物違。」我相信，美好的秩序將會帶著我走進未來。《空間詩學》這麼辯證如其所是的那些：「房間裡的私密感，變成了我們的私密感。相關的是，私密空間變得如此靜謐、如此單純，房間裡的所有寂靜都被定位，聚集了起來。」

原本空蕩蕩的新居，油漆氣味逐漸消散，可以預期的是物件會日漸擁擠，各自佔據一角。有緣來作伴的，我就善待、收藏。長久以來，對易碎品如玻璃陶瓷又愛又怕，如今可以安心一些了。我有一整個櫃子可以用來安置它們。或得之於人，或親力購來，每一物件都有故事好說。這所有事物的房間，一切，要小心輕放。

——節錄自《找一個解釋》

臺灣一葉蘭

——寫給單親媽媽

所有美麗的事物
都是經過命運挑選的
或許那些美麗也在
挑選更適合自己的命運
如果要為命運賦予形象
她們說應該就是臺灣一葉蘭
春天開花，冬季脫落葉片
以堅忍的姿勢積存時間
從陰暗潮濕之處
漸漸看到一片光亮

多雲霧的海拔兩千公尺
稀疏的光透入林地
水苔，腐葉，伏倒的樹枝
假球莖藏身其中
粉紫色的花一如願望
與其他願望齊聚開展
花朵後面是一枚碩大葉片
孤單挺立，表面有縱摺紋路
種子細小而多
像是慈愛也像是焦慮

失婚或喪偶之後
明白只有自己可以
成為自己的依託

保護心愛的孩子
讓悲傷止步
在生活的岩壁上
把痛苦變成一朵花

二〇一七、十一

午後病房

——給中風臥倒仍奮力的祖父

一、

在我還沒遺忘你之前
我要再一次觸摸你

那時，時間尚未生成嘆息
白色海岸已經習慣承受
所有潮浪的記憶
我們一起，看啊
鷗鳥飛翔，屬於告別的
秋日，十分盡情的舞蹈

相對時刻，沒有一滴淚
願意流淌緩慢的人生

而我跟你仍然
對世界無話可說

二、

這應該是洗窗工人熱愛的天氣
有點陰暗有點陽光
四方牆壁外，他們噴灑水柱
沖刷不能明白的一切
食物由鼻管抵達胃壁
不需咀嚼就能消化這世界

癱瘓的那隻腳會記得哪些路？
用一隻手洗另一隻手又是怎麼回事？
如果有答案，而且你願意說……

往日不斷在生活水面投擲漂石
感傷優美地沉沒
好多人走來走去，極有秩序地消失
消失得非常具體

這就是了。此刻玻璃透明乾淨
沙塵暴在遠方，明天或許降臨

三、

不要害怕啊，不要

彷彿是在跟我說
你不過是在遠離一場睡眠
慢一點或快一點，無所謂
現在的眼瞼覆蓋著從前的快樂
我會在假期的車陣當中
蛇行，穿越，飆過一切
即將降下的陽光
燒得我的背好痛

好痛。你躺倒在那迅速遺忘的光裡
對於這世界
沒有力氣可說

——選自《解釋學的春天》

冬之光

——焚寄李潼先生

1

此刻我需要一點殘忍
還有當下的美好
一點細小事物與溫柔無關

2

有風自北，帶來那些時間的藝術
星芒、上弦月、鄰家的燈火，此在
碇泊著船隻的港灣安靜微亮

3

燃起半支菸，我要用餘力慢慢
吐出煙圈。他確實已經離開，永遠
讓我無法繼續把一根煙抽完

4

我曾經唱過月落與日昇
理想的起降。而人生不過
一把老調，隨人兀自抑揚

——選自《海誓》

鴿子飛來

——叩別李錦燕老師

但願我有翅膀像鴿子
我就飛去得享安息
——《詩篇》55

如今憂傷是一頭野鹿
在草木叢生處茫然四顧
如果淚水可以拿來編織
人生是怎麼一回事？

你就要隻身走向永恆
走向你永遠的故鄉

願所有星辰成為你的綴飾
有那麼多燦亮的小石頭陪伴
你一定不會寂寞了
願好風吹拂，鴿子飛來
時間的歌裡寫滿日昇與日落
這個世界仍然，如你所愛的那樣……

如你所愛的，永恆化為真實
讓時間消失，讓每片樹葉後面
都藏著天使

——選自《島語》

留不住的故事

絕望的力量是那麼強大，人的存在又是那麼不堪一擊。傳說中的麻姑，她的形象與長壽有密切關聯。「麻姑獻壽」也是重要的祝壽圖騰。

麻姑曾經三度見到滄海變為桑田，她的長壽與滄海桑田的變化形成強烈對比。李商隱或許以為，滄海屬於麻姑，只要向麻姑買下滄海就可以阻止所有變遷。詩人想像著，無邊無涯的滄海正是時間的匯聚。買下滄海，等於擁有時間，便可不再有水去雲回之恨。但這滄海究竟要怎麼買呢？我們不得而知。只知道，永恆無法企及，詩人用物象來寄託那最敏銳的感覺。

那種感覺是，一杯春露冷如冰。

既然什麼都留不住，不妨讓那些回不去的往日、到不了的仙山都停駐在想像中吧。

——節錄自《彷彿若有光》

多謝款待

——叩別趙湘娥老師

太多的來不及與太多的捨不得
佔據了無聲的夏日午後
從前我們瀟灑談論死亡，然而
今天的難處只有今天才知道
令我們口乾唇燥的事突然發生
報信的人來了又馬上離開

獨坐之時想起你永恆的睡眠
迴游式庭院借來了遠方的山景
借來了過於湛藍的天空

日影開始歪斜，借走了眼淚
我想借用一下你說過的話語
安慰每個想念你的人

旅行時寄給你一張明信片
上面畫著夏天才開的花
還有許多話想說，譬如飲食和旅行
過日子的方法，祝福你健康快樂
以及這麼多年，多謝款待

——選自《島語》

後記：

十年相伴的最初與最終，記憶中的阿娥老師一直在為我們張羅飲食。她藉由食物飲宴，分享了人生的溫暖。與她最後一次聚餐談話，她提及退休前想要辦個餐會請大家吃飯，來參加的人都不用出錢。能夠與這樣好的長輩一起吃飯，是莫大的福份，我非常珍惜。與她吃飯喝酒，也從來都是開心的。阿娥老師離開後，同事傳訊息告訴我，「要好好愛自己，關心你的人少一個了！」那時聞言大慟，不知道如何收拾自己的情緒。

旅途倒數第三天，因重感冒而鎮日昏睡的我接到噩耗，更覺得茫然無依，決定隔日去寺裡誦經、抄經，為阿娥老師的遠行默禱。

御室仁和寺附近，有一家御室さのわ咖啡。咖啡館裡只有兩個員工，一位年長女性（店長），一位年輕男子。男店員幫我點餐送餐，便安靜地佇立吧檯後。館內放著莎拉布萊曼，背對店員滑著手機的我，聽著聽著忽然默默掉淚。Time to say goodbye，告別的時刻，迴盪在幽靜的咖啡館裡。女店長來到身邊，問要不要喝水。來不及擦去的眼淚，都被她看見了。她沒多說什麼，只是幫我倒了一杯水。這裡咖啡極好，甜品也出色，我想，是趙老師會喜歡的。

結帳離開時，優雅的年長女士問我從哪裡來，我說台灣。還用日文對她說，多謝款待。這也正是我想對趙老師說的。她微微一笑，跟我互道再見。

接著再坐一段嵐山電車，就是妙心寺。繳交抄經費，找個位子抄寫心經。抄經時有一陣芳香湧現，我告訴自己，趙老師已在永恆的平靜慈悲之中了。一筆一劃，都是時間，我突然有了明白之感。那種明白、寧定之感，就像在仁和寺看到的一面木板拉門上的繪畫。整幅圖畫以柔和的鵝黃色為基底，羽翼潔淨的仙鶴在飛翔。

最遠的地方

有話想說卻找不到你
那或許就是生命裡
最遠的地方

二〇二〇、十、廿八

秋日懷遠

陽光地帶，憂鬱生長
草地延伸，與虛無接壤
告訴自己
再努力一點
再堅強一點
你會不會放棄絕望？
會不會把問號變成句號？

我坐在無人交談的捷運車廂
戴上降噪耳機
彷彿看見土撥鼠在微笑

狐狸在麥田裡奔跑
下次見面我想告訴你
想念的形狀，就像
一群狐獴排隊站好

二〇二〇、九

問號之後

死亡是一種誘惑，是一種召喚，也是對此生痛苦的最後抵拒。這當然是選擇的問題，也是命運與自由的問題。活著與在著不同，許多人可以忍受生命只剩下活著而已，有些人則像詩人韓波那樣熱血的宣告：「唯一無法忍受，便是事事皆可忍受。」忍與受或許也是偉大的美德，然而我們有時並不需要。真誠的面對自己，每一個何其相似又何其不同的生命體不是在暗中尋光、不渴望迷霧中得路？

是物傷其類嗎？我總在某些節氣想起那些已經逝去的生命。他們選擇自死，選擇捨去原本說要不離不棄的那些。他們對人生充滿問號，問號漲滿胸膛的時候，他們與自己的人生沉到世界的最低最底。自溺其間，終至氣息斷絕。我幾次悲不可扼，在想念離我而去的他們時痛哭失聲。

連串的問號之後，屈原為他的世間之路劃下句號。果真是〈命若琴弦〉，每人心中一把調。關於生命這檔事，史鐵生是這樣說的：「無所謂從哪兒來、到哪兒去，也無所謂誰是誰……」無來無去，卻也有一點什麼，整全而美好的保留下來。至此，生命的問號一點都不虛無。因為在乾淨的心裡，已經遇取了存有的實感。

日月安屬？列星安陳？繁星捨給什麼？江河山川又捨給什麼？生命的奧祕是什麼？在燦爛的星夜，生命邊走邊唱。我又想起梵谷之歌*Vincent*，我又想起那些自動從生命饗宴中提前離席的人，當下恍然，他們留下的那些問號從來不只是問號。歌詞最後不是這樣嗎？這世界容不下一個如你這樣美好的人。

——節錄自《找一個解釋》

卷三

希望或失望的淚水

螢火蟲之夢

用尾端，輕輕，就能頂住全世界的黑暗
死亡或遺忘。我便這樣不由自主的發光

沒有誰教我如何祈求一場露水一頓晚餐
沒有誰教我怎樣尋覓一片水澤讓身體依靠
但彷彿有誰在我們之上端坐凝視
不說話，只安靜整理自己的思想
草叢中腐爛的聲音似有似無
我與同類爭相前往沒有光的地方
在飛翔中睡眠，睡眠中飛翔
最好是這樣，五月的雨剛剛降下

慾望，潮濕而溫暖
而我似乎已經懂得了什麼
懂得了應該做些什麼

有一個夢我進入它
有一個傾斜旋轉著的星球
我在它身上盡情排泄、舞蹈
此時此刻，神祇都已告退
遠天的星光似乎與我們無關
逕自閃爍希望或失望的淚水
微風吹動蕨葉，孢子盈盈的飛散
水聲開始潺潺，魚族興奮的產卵
我感到非常非常孤獨，並且應該
與什麼一樣，本能的相互尋找
碰觸彼此的憂傷、彼此的光亮

然後擁有更多的快樂
完整的黑暗

輕輕頂住，我以及我的光
那生殖的氣味
正在相互激盪呼喊

——選自《解釋學的春天》。第二十六屆時報文學獎新詩首獎

得獎感言：〈值得相信〉

不知道為了什麼，總有一些什麼值得相信。相信那些美麗而輕盈的光，正從生命的某一端點發出。許多人記載過那充滿故事的山谷、安靜又神祕的水潭，好像忍不住就要洩漏天機一般。我相信那確是天機，讓人不由自主的叫喊，且想要一再訴說。至今我仍記得，今年（二〇〇三）五月天某個下過雨的夜晚，空氣中漲滿潮濕的氣味，牠們在飛翔、在發光。那時傳了好些手機簡訊出去說我看見了，好高興我與這個世界相互依靠明瞭。

我記住了，那股氣味與牠們的光。然後忍不住想要訴說，原本只有我和牠們知道的種種。在生活的此地指認人生，真實的存在，或許是命運裡頭最甜美的安排罷。詩意的棲居，我每每感到幸福。

不知道為了什麼。

解釋學的春天

總有一些什麼值得相信，譬如
音樂或噴泉，有光的天堂

世界仍然是傾斜的
旋轉，在名字的玫瑰中綻放

命運與理解，甜美而芳香
穿過時間蝴蝶蘧蘧然醒來

槍砲以及病毒都在遠方
與此刻的擁抱親吻無關

印象派的風裡彷彿
有一些什麼盛開，值得相信

——選自《解釋學的春天》

鴿子

唯一的時刻已經降臨我們與黃昏
光微微節省著記憶，廣場開始擁擠
擦撞彼此誰都以為有愛在愛。彷彿是咒語
輕柔，甜蜜，不覺天空有哀傷或背棄

飛啊雙翅撲撲，張揚迎風的命運
如果每一次有了信仰結局就是墜毀
飛啊長長的拋物線在審判之前
大家以為和平總要穿越一大片寂靜的墓地
穿越網羅，巡行者的槍響。砰。這一生
從不敲啄什麼也從不啣來什麼意志與表象

修道院在街角，流浪漢與我們爭食資本家的麵包屑
白絨羽毛更輕更重都無所謂曾在黑暗中滑翔
藍眼睛底下眾生都染纏綿的病，依偎將火焚的城
其後還要整潔乾淨的流血，為自己的神

銅像肩上我們大量糞便耳語
無所能無所不能的練習寬恕，懺悔
渺小的願望。而這世界是否寧可
謊話？還是仍然集體而孤獨？
是嗎這樣很好，很好，沒有殘酷不需要天份
這世界我們這樣親近反覆睡與死

——選自《解釋學的春天》。《中央日報》文學獎新詩獎優選

得獎感言：〈在詩意的棲地〉

寒流來潮的南臺灣校園中，空氣異常乾冷，塵沙飛揚。置身其中，我懷疑自己怎麼能夠如此安份規矩的生活，每日每日，向學生宣說乾淨的理想。時間被鐘聲方整的切割，我也始終腳步安穩的來回穿梭，沒有異議。

寫〈鴿子〉的那天晚上，九一一事件過後又一次墜機事件發生。電視新聞中不斷傳來流言與臆測，人世何可以安居？恐怖當道，我在的城市，深夜總有拔掉消音器的摩托車喧囂急駛，偶或留下砍人的血跡。感慨係之，白色的飛機機身曾穿越自由女神的天空，然後灰化毀壞。而我有時竟在寫詩，竟能寫詩，不可不說是種奇異的幸福啊。在詩意地棲居，陽光弄暖我，使我不覺背後暗影冷涼。

雨傘節

我便如此歡悅，不連續的滑行
即使盛夏陽光照臨仍然一貫低溫
愛與死，都沒有我的血冷
我亦驚懼這有毒的存在，閃躲
迂徐，萬籟中扭曲紋路鮮明的肉身
藏眼神於陰暗之中
無淚時分，我便如此蠕蠕

反覆蛻下的一生原不算什麼
只有洞穴與黑夜值得蜷曲依靠
遠方捕獵的鼓聲，美洲豹的憂鬱飛奔

千百種靜默凝聚一次海嘯
夢或者遺忘，逐漸軟弱的沙塵暴
這些原也算不得什麼。舊石器時代就傳下
命運的鱗片，穿梭時光，風舌嘁嚓作響
此時此刻，雷電劃破星星熄滅的史頁
天空布滿黑傘，完整而喧嘩

最後的晚餐誰都孤獨，大口大口的
吞噬這世界，但願自己連名字都記不住
我們之上，始終盤旋鷹隼。大化惘惘
張開銳爪，瞵視每一場幸福

——選自《解釋學的春天》

龜途

終點以後才看見起點
回過頭去能不能發現盡頭？

陽光水岸，飛禽啣咬魚族
低低掠逝撲撲的羽翅
這是長時間的溯洄，疲累
之後仍記得爬行的欲望
足掌不再拍浪泅游
撥動細沙，翻開原生的想念
想念背岸的旅程，向洋的
生長。靜謐的航道偶有海嘯

遙遙傳來規律與殺戮
而流浪沒有國境，只是自顧自
似無目的地往前去
再往前去，直到極限若可預料
深邃而私密，帶著衝動回歸

油污模糊雙眼，白熱化珊瑚擋路
甲殼上，鋪張受了詛咒的地圖
腹背皆瘤，以肉身餵養罪惡
罪惡細胞輕盈卻沉重
異端的肉芽演繹世代譜系
溫暖的土地上，即使帶病仍要
設穴，含淚產下一顆顆
包裹祝福的卵蛋

聽夢在孵化那樣驕傲
裂痕，探出頭來的聲音

——選自《解釋學的春天》。第一屆生態文學獎現代詩第三名

沒有鐘聲的校園

曾經在一本科普書裡，讀到一些科學家的嘗試。科學家試圖改變、調整某些動物的生理時鐘，觀察生物老化死亡的現象。其中很有趣的是從澳大利亞袋鼬、鮭科魚身上發現的一些事實。

袋鼬、鮭魚都死於一產次的生殖。他們在努力傳宗接代的同時，也正進行著死亡工程。動物們對季節變換、晝夜長短極其敏感，在牠們生理上存在著計算的生物鐘，因而有不由自主的種種舉措。藉由調整光線照射，袋鼬身上的松果體會讓褪黑激素發生作用，性激素也受到影響。黑暗時期越長，生育力也就被抑制得更徹底。光亮則誘發性器成熟、衝動，期待瘋狂無休的交配，交配後的死亡。當然，閹割還是最省事的。據說閹割後，可以衰老得更加緩慢，而且壽命倍增許多。

讀到這些，不禁暗冒冷汗，還好，人屬於多產次動物，不會死於一次繁殖活動。跟一般動植物相較，人畢竟長壽許多。當青春不老成為努力目標時，是不是，也會因為追求而喪失一些什麼？

好像更動變項，過程、結果就都不一樣了。

——節錄自《關起來的時間》

鯨生

生長季之後仍然執意生長
這是最後還是最初？

月光撫摸過背脊，我們微笑
捲破水面迅速地空翻
旋轉，再旋轉，祖先的姿勢
體內流動的記憶
隨潮汐推移逐漸成為圖騰
跳躍，歌哭，族群進化史與身形
同樣有彎曲優雅的弧線

可懷念的，安逸的生存

被標槍穿透砲彈炸開，流刺網
柔軟地包圍。血漬擴散得
極有層次，腥紅襲擊深藍
諭示食物鏈就要斷線
當消亡的祭典以骨肉為犧牲
泡沫升起幻滅，夜影岑寂
季節風大口大口吞嚥失去的
痛苦和呻吟。吐出尖銳的假想
想像在子宮，羊水盡力起伏
生命在暗處抽動聲納
隱隱訴說射精的渴望

暖流鼓鰭，我們持續前進
腫脹著這個星球上最大的陽具

——選自《解釋學的春天》。第一屆生態文學獎現代詩第三名

蝴蝶禱詞

天色暗下來，最後應該有晚餐
應該要依慣例禱告。吸吮著霧露
睡眠遙遠棲停在多風的河岸
大規模的流放之前，諸神降臨
眼看著一雙雙翅膀成群結隊地死亡
在時間的隙縫中，我們倖存但是
被壓縮得弱小，呼吸困難
大頭針插入頭胸腹穩穩固定住
可以甜美的記憶，飛翔與追逐
日子一再遷徙，遺棄不及孵化的
渴望。伸出長長的口器來感傷

探測水源地，堅持懷有乾淨理想
跋涉後的遠方陽光泌乳豐饒
苦難被洗刷得很徹底
基督在十字架上淌血
佛陀躺倒於沙羅雙樹下
我們啊我們，或許
幻想一座森林，拍落多餘燐粉
鼓動季節生長，穿越墓穴
沒有目的，愉悅地交尾產卵

——選自《解釋學的春天》

如果你曾為了生存哭泣

常常在漫無邊際的想像之中察覺到，宇宙如此浩瀚，而人類如此渺小。我們活著，究竟是為什麼？我們在著，又是為了什麼？天地彷彿是無窮無盡的，但是人很早就意識到，自己需要一個始終。

奈良夜深，我在旅館裡的大眾池泡澡之後，暖呼呼地睡著，夢中彷彿聽見花開的聲音了。

時間的流動無始無終，但做一朵花，做一個人，總是要求個始終。事過境遷之後，不論可惜不可惜，初心依舊在，往事恍成煙。

我想，緣分是流動的，自我也是流動的。

而世界上所有的花，畢竟還是有始有終。人類試圖給時間一個名字，毋寧是很有事。但因為這樣有事，人類的共同回憶才顯得別有深情，值得再三珍惜罷。

佛家經典不也這麼提醒著：「不忘初心，方得始終。」

抽象的心、抽象的靈魂，是那麼神祕、那麼難以理解。許許多多的思考者試圖提出一套理論，去說明、去解釋人類的存在，進一步去探求宇宙萬物之理。而我其實很害怕太過武斷的推論，太過自我中心的說法。

做為一個人，意識到生命的限制是一件好事。從限制裡，人可以開創出屬於自己的那一份自由。然而關於自由，每個人的想法多有不同。我也時常感到困惑——行於所當行、止於不可不止就是自由嗎？不受人情往來的束縛牽絆就是自由嗎？還是說，無所等待就是自由？或是像小說家哈金認為的：「自由的本質是對過往的背叛。」

幾年前曾經在某一本雜誌封面讀到這樣的說法，「不需要安全感就是自由」。那當下，深深被這個概念吸引，陷入長長沉思之中。人總是需要安全感的不是嗎？或許真正安心無所求的時刻，連安全感的需求都可以輕易地忘掉。完全的放空，真的可以忘了我是誰。

——節錄自《文學少年遊》

卷四
關起來的時間

與愛有關的事

這些年，我熱中採集
陌生人的善良，這樣才能
從一個冬夜走到另一個冬夜
並且相信，有些東西
永遠不會被時間摧毀
我們的失敗也已經
都被月光治癒了

街角傳來鐘聲
青鳥啁啾的時候
你告訴我一則神話

讓我把願望折疊在心裡
將虛無還給洪荒
那就是了吧，諸神無事
只留下愛的證據

——選自《島語》

另一種生活

我喜歡變化無常的事物
充足的陽光，不曾開始的
信仰。你想知道嗎
安然而坐之時，將會看見什麼？
鴿子在遠方飛翔，銜來一則
未經修飾的洪水神話

我們對望靈魂深處，每天
一起走進最黑暗的房間
用手機寫家書，用滑鼠
點開一千個陌生的世界

耳機裡有麋鹿奔跑
冰層碎裂的氣味
無止盡的複製別人的愛與憂
至於自己的快樂就藏在藍色吉他之中

重新相遇之時那些我們
所說的，花與果實，不死的種子
都成為深深相信的了

——選自《島語》

心湖

是心裡的湖泊
任由遺憾成為漣漪，然後
在多色彩的鳥鳴裡平息
當生活可以回到原貌
這就是最好的日常——
一朵雲向路人投遞微笑
與遠方的山巒交換祕密
失聯已久的人傳來問候
願你安好，願你沒有煩憂
天空晴朗，萬物如新

二〇二〇、十二

後來

那些微鹹微酸的日子
很幸運遇上一個微甜的人
用去冰的口氣練習
說出對方心裡想說的話
直到所有的「你好，謝謝，抱歉」
最終成為一句「再見」
或是不用再見

後來，一個人等待
日子長出青苔
被愛蹉跎之後

被傷疤慰藉之後
消失在彼此的記憶裡
可能是比較幸福的結局

二〇二一、二

尋找一把鑰匙

你的手我握著在月下問路
時光街道被鎖住
我們在尋找一把鑰匙
打開認識這個世界需要的門
越接近快樂生活就開始起霧
讓記憶濛濛的旋轉從前的彼此
旋轉鑰匙孔躲進我們
被月光打濕的靈魂
褪去毛髮跟皮膚
一切赤裸後便不再虛無

——選自《解釋學的春天》

我們如此相遇

搭乘捷運上班的時候，我會看到一段美麗的河景。有時是朝暉散落，河面粼粼耀耀，白鷺鷥偶爾輕盈地飛越。有時則是雨暗天灰，綿密又傷感，弄得心情濕淋淋。長久下來，我可以分辨河面的高低，熟悉潮水如何起伏漲退。我喜歡山河海默默佇候，流水暗自送走了年月。我也喜歡山色被天光拂弄，雲絮扯得散亂，天空一片乾淨的藍。就連河岸的草木鳥獸，陌生的同車乘客，也都成為沿路的風景。

我們是如此相遇的。這樣的時刻，即使是孤獨一人，也覺得世界與我不相疏離。世界在我眼中，我在世界的懷裡。周遭再怎麼喧囂，都無法干礙一顆心的安穩定靜。或許這就是詩意的開端，與他人照面，與世界照面，然後重新與自己相遇。外在的風景，常常呼喚出某些古典詩的句子。小時候背誦過的韻律都是舊時相識，不自覺地湧現，與當下的人生產生對應。

言為心聲，詩歌語言藏著對生命的感動與思索。我偏愛的詩人，一次又一次發出節奏聲調各異的字句。在固定或不固定的形式裡，讓時空凝定，收存一己的情志。真正美麗的詩，有心跳，有呼吸，尋求靈犀一點。心領神會之時，我能擷取葉底燦爛的花，網羅時光中的鱗爪，梳理深山萬壑之流光。詩是失去，也是珍惜。惜之不盡，遂不斷回望。回望與想像，彷彿若有光。

——節錄自《彷彿若有光》

世界的祝福

挨著火爐取暖
看往事靜靜燃燒
世界閃爍著微光
萬物沉睡之際
我等候下一個春天來臨
不用費力去想了
把不愉快的事忘掉
究竟需要多久的時間

一樣的冬夜一樣纏綿的
從黑夜邊緣飄過來的雨

讓生命還原為一個謎
也讓自己的存在
變成某種祝福
某種幸福

二〇一七、十一

靠近

——《關起來的時間》後記

許多人在我生命裡來來去去，接近復遠離。俯仰之間，我或許不想忘記的竟都成為陳跡。現下人生，是我喜愛的安穩幸福。是的，我不經意就會在文字裡洩漏對安穩的渴求，對所謂幸福的懷想。這裡的山風海雨一度教我迷惘，山神或海神曾猛厲的磨練我摧折我養馴我，讓我纏綿的病過又自己痊癒。至此，山川諸神才認我是祂們的子民，應允我的來到，親近，遇見我所該遇見。

我來到這裡，斷斷續續的書寫，用各種方式去經驗人生。理解這個世界的過程，我記下，而這本身就是一種創造。在人間世的關係脈絡裡，我努力保持著訴說的意願，讓自己知道與這世界原來還是不相離棄的。雖然曾經想逃，想走到很遠很遠的地方，就像馬建說的：「社會像一個黑洞，我想穿過去。要活在世上，而不是活在籠子裡，我的痛苦是再也不能安靜地待在屋子裡了。」

「厭惡生活，往往是對人生有更強的欲望。」

所欲無窮無盡，我要的不過是，再多一點點。再多一點點，我便能夠與幸福更靠近一點。而這裡不正是我從前所要的，很遠很遠的地方了嗎？

——節錄自《關起來的時間》

植有木棉的城市

這裡是南方
植有木棉的城市
高溫的天空中
寫著我所有的祕密
為了與愛分離
我終於理解
遺忘的艱難
那些任性的花與葉
都跟我有血緣關係
還有另外一些愛
我不知道怎麼證明
或許，那與血緣無關

我也曾經懷疑
一艘船如何認識自己
一朵雲如何改變
流浪的目的
一個碼頭如何和所有
海浪互相屬於
無從選擇的我和你
我們的相遇
像一粒種子
一絲絲飛絮
從樹身輕輕抽離

誰在樹下凝視？
試圖記取

語言與事物的秩序
微笑著的倫理
我相信沒有什麼會消失
只是存入了過去
在下一個街角
那個飛奔的少年如我
在祝福中告別
在春天忘記

——選自《海誓》

後記：

我喜歡港都街頭盛開的木棉花，在陽光燦燦之中，有一股勃發的生命力道。木棉是這個城市的象徵，脫落繁華以後另有繁華，在風中撒絮的輕盈姿態中，隱藏了堅硬的意志。在我眼裡，那是自我的追問，一種不需要名目的生存。

黑夜的海上

——記春潮起伏的日子，自澎湖歸來

黑夜空寂了天地
蔓延起一片薄薄的寒涼
歸航　向港都懷抱的溫暖
無止盡的雜亂的記憶
肆無忌憚生長
如荒草
揮揮手　豈能教
所有憂鬱都止息
教星月都沉默
四方的風迢遙的心情

襲來　呼嘯成悲涼壯闊
難以掩藏
而海上有歌
隱微在喧囂繁雜裡

愈行愈遠愈近岸
前方　漁火站起一盞盞熱暖
群集成另一片汪洋
加深夜的濃墨
讓海潮更寬廣
倚著欄杆　斜斜
遂成最適合思念的姿態
靜靜想望
陰晴未定的
明天

呵！風又在鼓動
流竄在胸膛
漲滿薄透的春衫
像海洋

——選自《有信仰的人》。第一屆《高青文粹》高雄市青年文藝創作獎高中組新詩第一名

告白

（一）向歲月

你成就我也將乾枯我
等待著
受你青春的加冕以及
白髮的封誥
我的路你鋪造
一層胞衣一層枯骨
一層枯骨一層黃土
膽怯徬徨是我的
一步一步又一步

你——從容地
等我走來

（二）向風的低語

昨夜你打我髮茨經過
留下窸窸窣窣
噓，聽誰又在說話
新晴翻來雨驟覆去
笛聲撐不住你
絃聲也說不過你
穿堂過戶而來
你瑣碎誇弄著自由
一點點消息
不停傳播擴散

在你的影子裡

（三）向下之琳〔註〕

迷醉於你的風聲水影
請備一大缽空白
盛我滿溢的感動
誰都不說
讓風去傳誦
讓水來記錄你和我
紙上相逢的種種——
你的溫文我的狂放
你的閑適我的驚惶
山茶紙上排排站的沉默
紛紛笑開

歸你的前世該我的今生
百轉千迴都隨你
微微的歡樂哀愁

（四）向昨日

儘管你只一逕蕭索
在荒煙蔓草中
在黃埃散漫裡
可是我仍不停想挖掘
寂寞在你胸膛的黃金碑銘
咦！那是我的桂冠
這兒又有我
忘失的一顆眼淚
夜裡一陣酥雨

潮濕了我漫漶了你
於是我們注定要
若即若離

〔註〕讀卞之琳的詩〈無題〉之後，有感而作。附錄原詩於下：
三日前山中的一道小水／掠過你一絲笑影而去的／今朝你重見了，揉揉眼睛看／屋前屋後
好一片春潮
百轉千迴都不跟你講／水有愁，水自哀，水願意載你／你的船呢？船呢？下樓去／南村外
一夜裡開齊了杏花

——選自《有信仰的人》。第二屆《高青文粹》高雄市青年文藝創作獎高中組新詩第一名

私領地
——《解釋學的春天》後記

無時無刻，傷害無處不在。在人間世，關係性的存在裡，想要葆愛自己多一點，是多麼奢侈的一件事。向死而生，語言是我們存有的居所。在自己的人世安宅中，我恆常渴望深邃與靜謐，彼與我欣然相遇而不相侵害干擾。大洋之濱、小小的城鎮我尋求安頓，珍惜此生此身，所有閃著光一般的好運道。

面對事實本身，我希望一切都是有意義的。歡欣有時，憂傷有時，我告訴自己不要想太多就讓一切如其所是罷。如其所是的那些，我以語言文字為它們構築棲居之所，教它們安安靜靜的，成為我生命中美好片段的定格。

彼與我，如此相互敞亮自身，彷彿若有光。

還記得，一九九四年離開我的盛夏南方，拎一大袋行李鑽進師大男生宿舍。開始了，我人生中第二個童年，恣意，任性，青春無敵。六人一室，擁擠的空間中我與他人聲氣相通。其間的作息，彼此難免相互干擾，親近且疏離。當時渴望有自己的房間，自在的醒睡，願意的時候這世界與我息息相關，不願意的時候一切與我無關。為了有一片自我疆域，我在床板上方裝置夾燈暈黃，床沿掛上帷幕隔開他人的言語、鼾聲，同時也阻絕自己的燈光外洩。以各種神奇的姿勢竟夜書寫，我每每感到不說不可，我理解、我詮釋，我擁有小宇宙自行運轉，生命奧秘似在其中。

事物的本身，我面對。面對與我關聯的這一切，相親相與之感油然而生。久處於體制之中，我竭力追求似不可得的自由，詩是我護衛的私領地。雖說人生識字憂患始，我卻在字與字的間隙中找到了訴說的意願，找到了一種關於溝通的可能。生命的沉重與輕盈，由是可以坦然以對。

——節錄自《解釋學的春天》

生活片段

1

一開始，就嚐到
最後的果實
日子正當年輕
我們也還在長成
枝葉迎風的傲然

2

沒有懷疑沒有信仰的時候
只是自顧自的扎根
伸展嫩苗，擎住一片天空
形成一株可以安靜的樹
樹的真實

3

小葉欖仁長出黃綠色嫩芽
陽光彷彿穿透它們
在身上溫溫的舞蹈
終於落在鋪滿枯葉的地面

4

洋紫荊盛開時節
連風都沾染得豔紅欲醉
吞吞吐吐的不知該說什麼
卻又好像什麼都說盡了

5

如何說起一地野草？
它們安靜的冒出頭，呼吸
伸懶腰，對著雨露眨眼

6

軟枝黃蟬點亮即將焚燒的夏天
以它微毒的金黃
空氣裡瀰漫著爆裂的喧囂
事事都可能

7

梅雨纏綿不去
花樹只能迎合著軟弱無力
知道雨過天晴之後，終會
強悍撐起整片整片蔚藍天空

8

When I was small. And Christmas trees were tall.
這是Bee Gees輕盈而沉重的
First of May　在五月的第一天
往事紛紛自眼前成熟掉落
憂鬱的果實。我們或許不能
在年輕的樹下想像一切
日子漸次老於世故，安穩而不知感傷

9

季節風留下指紋
留下一個早晨的名字

於是記得，它為我們喚醒草葉
並且打開一扇天空的門

10

佛陀躺倒於沙羅雙樹下
基督在十字木架上流血
我們啊我們或許幻想一片森林
像風一樣沒有方向的奔跑

11

春天從鴿子飛起的地方掉落纖細的絨羽
我也將在單薄的明天中看見豐厚的陽光

12

鳥雀吱吱喳喳，低空盤旋
彷彿聽見牠們的心願——
飛去，帶著自己的天真跟勇敢
不是為了征服，而是俯首領受
謙卑的告訴這個世界已經稍稍認識
當隻身在路上，所能掌握的幾次幸福微笑

13

看著不知名的飛鳥，與牠們
同一天空同樣擁有愉悅的本事
不禁以眼神相互撫摸旋即收手

14

窗外飛過一隻蜻蜓
振翅的聲音
有人教導牠如何生活嗎？
牠也像我們這樣努力的瞭解
並且附和點頭嗎？

15

曾經振翅欲飛的鳥群，如果
懷疑這是不是一座屬於自己的天空
如果，執意繼續未完的旅程
能否在幸福之中棲身？

16

目光循聲而去，咕嚕咕嚕的鴿子跳躍著。牠們的體態多半輕盈，可能是因為無人餵養，而且必須閃躲被捕獵的危險。想起維也納，瑪莉亞拯救教堂，黏人的鴿子，臃腫笨重，慢慢的啄食我吃剩的麵包。甚至有一點點挑嘴，或許是過於驕縱的緣故。

如果可以從鴿子的體態來判斷一個城市的溫情與貧富……

17

當然要記得，關於天鵝的美麗。
在秋天想起一則童話，一杯兒童不宜的黑咖啡。

18

鳥說，我擁有飛翔的自由
樹沉默的低著頭回憶自己的身世
向著泥壤鑽深厚望，伸枝展葉
對著遠天的風景招手

19

站在原地等待的時候
忽忽就成為一棵冬天的樹
木葉脫盡仍然伸展枒幹
甘願承受該來的劫毀
不哭泣。不顫抖。並且，永不失望

20

小王子的玫瑰後來怎麼啦？有人問起
小王子離開以後，只能以四根刺護衛自己的
玫瑰。那四根刺分別被命了名
驕傲。任性。自私。貪婪。

從此玫瑰可以不畏風雨侵擾
若是還有其他名字，比如謙卑，誠實，獨立，勇敢
那麼，我願意受傷

21

風停下來
在鳳凰木赤裸的
肩膀上，煽動暗影背面
紅色的寂寞的生成

22

九月升起
慢慢沉落夏天
北回歸線以南
陽光依然露齒而笑

23

什麼才是最深邃的
告別？不是飛翔
不是跳躍，是今天
無夢的淺睡

24

我們只是習慣活著而已
並且有點上了癮
開始喜歡親近常常偷懶
什麼也不想做的上帝

25

你也曾對我說過
神的話語
當鳥雀啣走黑暗
星星終於墜下

26

疲倦的翅膀似乎
還記得拍動的姿勢
搖撼了堅固的歲月

27

世界尚未濕透
雨水開始示弱
讓我們張開肌膚大笑
大叫

——選自《解釋學的春天》

接受

庚子年的最後一天，清理舊物。擷取一批CD音訊，存入硬碟中。藍芽喇叭傳送聲音的波浪，房間裡充滿八、九〇年代的氣息。忘記自己曾經收藏過那麼多影劇原聲帶，也忘了曾經迷戀過的影劇內容到底是什麼，只好對自己說，想不起來也無所謂啊。

戀戀風塵，鋼琴師和他的情人，歐蘭朵，東京愛情故事，愛情白皮書，高校教師，長假，海灘男孩，太陽不西沉，奶油蛋糕上的草莓……，這些原聲帶與往日時光交疊，取出時塵埃飄飛在斜斜的午後陽光裡。

時隔三十年，東京愛情故事在二〇二〇推出新版。舊版劇情的錯過、誤會、爭執，只要有手機或網路都可以輕易解決。只是，二〇二〇新版裡的手機、網路，也可能是愛情難題的一部份。之前，東京愛情故事二〇二〇斷斷續續地看，已經快轉放映了，卻還是沒看完。

除夕夜，在網路上聽完法華鐘一百零八響，突然又把東京愛情故事二〇二〇打開，耐著性子看下去，一路看到了結局。

原本無法接受的，漸漸變得可以接受了，有時不僅接受了，還多了一些接受的樂趣。維摩詰經裡頭說的「心大如海」，無邊無際地容納種種遭遇，或許便是這個樣子。

一年之初，就用這個意象彼此鼓舞吧，陽光普照，心大如海。

二〇二一、二、一二

卷五

一個人守著文明的道理

生命游擊

——讀切・格瓦拉畫傳擬代而作

我很好，只不過有輕微的
哮喘，與過多的理想
我很好只不過因為小感冒
被遺棄在時間的大床

熱情是我的彈藥，夠我狙殺不義
夠我帶著走進一座荒山
在世界的邊緣絕糧
我將結束我的慈愛
跟其他人一樣，由這個戰場敗退

到另一個不見陽光的地方
左手拿煙斗，右手持槍
我仍然迷戀真理以及希望

扶正扁帽上的星星，我說
「堅強起來，才不會丟失溫柔。」
知識和良心曾經令我絕望
只有音樂令我飽滿令我
能夠繼續溫柔的抵抗
這時候沒有吉他在手
我還要用鐵與血歌唱

所幸我並未成功
趕不上這世界的蒼老
最初的熱情陪我到最後

我知道我無法待在同一個屋子裡了
我也有虔誠的信仰，直到子彈用完
流星群把天空擦亮

就在無花果村
他們割下我的手
多年以後的年輕人
穿著我的理想我的頭
這一生已經足夠
夠我享用咖啡、雪茄、酒
夠我向著死亡前進
百合花在高原上擊發
天空傳來槍響

倒下的那一刻我記得
我沒有吉他在手

——選自《島語》

值得紀念的日子

今天是二月三十日
所有的淚水與憤怒
都不存在了
所有的傷害與耽溺
都走進沒有顏色的季節

窗外有冬天的風
遇上春天的雨滴
沒有陽光的角落
疤痕好像不見了

一顆心還能承受許多
一雙眼睛閉上以後
潛入黑暗
就可以聽到人們
在辯論正義與虛無

或許應該慶幸遺忘
來得太早
不記得的永遠
是未曾發生的事
這是二月三十日
我所期待的好日子

——選自《海誓》

造船時代

他們說要有船
於是便有了船……

他們說要出發
於是便離了岸

他們看見沒有
懷疑只是飛翔的水鳥

他們每日練習演算
鋼鐵與經濟的重量

他們等待趁著潮水
推進一個時代的夢想
他們休息，然後繼續
打造神奇的第八天

依憑著港闊水深
他們理解，他們愛

——選自《海誓》

左營孔廟偶得

我感到無與倫比的巨大
因為那些被天命所成全的：
王位、冠冕，良善的政權
潛入夏日午後，樹影深深
陽光掀開我的眼簾
燕子啄去歷史的碎片
在萬仞宮牆與蓮花池
之間，在蟬聲與掉落的
時代記憶之間
我想著他只是一個人
一個人守著文明的道理

他贊成在春服裁好的時候
一起走向溫暖的水邊
非常喜悅的唱歌
與他喜歡的世界相對
只不過常常無法拒絕
世界的秩序剎那間傾頹
在流浪的路途中
用光最後一點存糧
他或許也這麼相信
擁有堅強靈魂的人
慈悲並不是一擊就碎

並不會一擊就碎的
教養與愛，倒影於水中

萬事萬物都相信於他
我願意與他從事同一種行業
卻無法不困惑幾千年
一個人怎麼變成神
思想成為宗教
身體變作廟堂
曾經，受自己的傷
也受時代的傷

神祕偶爾是不受歡迎的
我聆聽著美，天地陌生的美
聆聽恐懼、遠方的奧義
把精神與意志填進了
舊城的磚瓦縫隙
收起手中的素描本

小小的心願突然
變得巨大無比

——選自《海誓》

受難曲

——為美麗島事件而作

沒人坐在身旁的此刻
我的靈魂屬於誰？
我摘下的玫瑰應該給誰？
這個無法想像的世界
持續的倒退與崩毀

那是多餘的淚水那是血
那是不再回頭的鴿子
那是靜靜垂下的雙手
那是一個使徒在作夢

那是空無的房間
不斷有人離開

——選自《海誓》

後記：

一九七九年十二月十日，二萬多名民眾在高雄市集會，慶祝聯合國發表「世界人權宣言」卅一週年紀念會。這場演講集會，乃是為了表達言論自由，最後卻引爆警民對峙。政府甚至出動鎮暴部隊、催淚瓦斯，全面圍勦。當時所謂「滋事份子」不過是在紀念人權宣言，最後以叛亂犯的身份受軍法審判。這就是我所知道的美麗島事件，那一年我剛好滿五歲。

光榮碼頭聽禁歌

——七月十五日，解嚴二十週年，在光榮碼頭聽禁歌禁曲演唱會

如果是在二十年前
請不要為我唱悲傷的歌
也不要唱尊嚴、榮光、愛與身體
我不要心中的憂苦，被關起來的音符
以及曾經讓我祖父流淚的旋律

二十年前，如果我能聽見
請不要為我唱快樂的歌
那些不被允許的快樂
譬如熱情的沙漠火紅的青春

每一種跟自由有關的象徵

不能舊情綿綿
不能黃昏的故鄉
不能燒肉粽、橄欖樹
不能望你早歸何日君再來
不能雨夜花、四季紅
不能粉紅色的腰帶
不能路邊的野花不要採
寶島不能曼波
老歌手熟練的唱出假音
保證明天發生的事
今天不會再一次發生

我們欣賞時間的變臉

然而權力的趣味
我們並不瞭解
我只聽見了
已經失去的時代
已經失去那麼多沉默

通往過去的歌聲
推翻了真理的方法
永遠是這樣
愛需要愛的回應
時代需要時代的鬥爭
解嚴二十年後
好像誰也聽不見誰
只管自己大聲說話

或許這不值得懷念
我在遙遠的一九八七
躲進害羞的身體
進入青春期

——選自《海誓》

重生

——為紅毛港而作

我們倉促的歷史還沒來到
明天，每一塊磚石、每一朵花
都擁有一張疲倦的臉
此刻不如靜靜坐下
面對天空，想念昨天的雲
昨天，小村的多情
陽光閃耀，親人微笑的樣子
都已經存放在身體裡
我們仍然喜歡談論
生命的來去

淚水與河流
不需要證明的身世

如果眼睛太過古老
或許就容不下
一直轉動的世界
也容不下大霧罩滿永恆
終究無法辨別前方
那一條道路最接近真實
愛比恨容易令人犯錯
我們無法廢棄自己
荒草叢生的心
無法相信為了原諒
而找到的答案

在每一次的絕望中
我明白愛，明白事物的形狀
最好的時光通常是
已經遺失的時光
最美麗的風景往往是
已經毀壞的風景
我知道自己是誰
一個人走到
星光投映的所在

——選自《島語》

我坐在這裡

我坐在這裡，不想再理會那些理想的起降。

我自己坐在這裡，想著那一天多風的交談，從夕暮到星光升起。我並不常想起你，然而總在回到這個角落的時候，我記起你說過的，破碎的語句。這世界終究找不著神的話語，你說關於詩只能印證神性的抽離。心理分析學家的提法我們也同意，那是一種壯麗的語無倫次。

在偉大的靜默裡，我需要你能繼續告訴我，關於神，關於神對你說過的話語。即便你再也不願意相信了。在愛與永恆之中，你找不到一個間隙收容自己。唯有痛是真確的，從腦海爆散，從四肢百骸擴充、蔓延。什麼叫椎心？像一頭鹿在獵人的槍下，像船桅斷折，像奧迪賽找不到家。

二〇〇六、九、一一

有信仰的人

從此我需要一場神祕的聖戰
讓不安的靈魂得著信靠
要有一座天空，祝福環抱
完整而無遮蔽的藍
風中有和平的信息
塔頂的大鐘也被敲響

我還要有一種思想，乾淨的
一種信仰，在炮火覆蓋的此城
成為一種力量。我要有主義可以
奉行，像每一隻蛾撲向牠願意親近的光

先知躺臥在墓園，雜草任意生長
要有希望與愛的時候，就有了
希望，愛是橄欖枝葉不斷伸展
鴿子奮力飛翔
鷹隼盤旋在大河沿岸

我要按時修剪自己臉頰的髭鬚，
歧出的思想。按時趴跪在真理之前
辨認魔鬼與主上，光明或黑暗
唇上綻開經文，有玫瑰氣味的誦詞擴散
啊，歡喜，快樂，為著義人的義而讚嘆
父親訓練我不懷疑，做人要正直勇敢
聆聽遠方傳來的亮光，一切真實無妄
即使仇敵有虎豹的爪、餓狼的牙

患難之日我想念親愛的媽媽
親愛的乳汁飽漲，洗滌我的憂傷
她餵我葡萄乾果，我偏愛鮮搾的櫻桃
所謂美好人生那麼甜那麼酸
無所謂恐怖不恐怖，我有熱血流盪
乾燥的田野罌粟花漫無目的盛放

拉上面罩我有一顆清潔的心
就是這個時候，槍已經上膛
就是這個時候，我把自己充滿
我已經把自己充滿

——選自《有信仰的人》。二〇〇六台灣文學獎新詩首獎

得獎感言：〈溫柔的可能〉

此在人生，我渴望真實與永恆。藉著書寫，倏忽即逝的都找到恆定不移的可能。藉著書寫，可堪紀念的往事都將留存下來，也讓我變成一個有故事的人。這麼多外在於我的生命，給了我光與熱，我也只是寫下去而已。

面對事物本身，面對這個既溫暖又殘酷的世界，詩教會我理解與同情，更真誠的對待自己以及他人。我相信，這一切都是有意義的。在各自生活的角落，有人用怨懟、仇恨、殺戮將自己充滿，我則希望被愛、美與自由充滿。只是我仍然不瞭解，怎麼能夠為著自己的神，就輕易的決定要摧毀他人的生命及信仰。這片土地上，被說出來的愛太過氾濫其實讓我覺得是種災難。以愛為名，接下來竟或許是詆毀、攻擊了。近來島上局勢令我惶然，令我不由得想起遠方，遠方的戰爭、恐怖暴力、種族清洗大屠殺。當我們信仰，卻無法容忍他人不信仰；當我們愛，卻無法容忍他人不愛……愛就成為一種流血的信仰了。

活在這小小的島上，我慶幸能夠在自己的書房中胸懷世界，而不是胸懷仇恨與沮喪。每當碰觸公理與正義的問題時，我只能在詩中反抗，並且尋求溫柔的可能。而我多麼希望有一天我可以說，這是我們的島，世界多美好！

更遠的地方

整個春天，百花集體枯萎
謊言敲碎了糖果屋
那些相愛的人們
被自以為更平等的人們驅趕
在最熟悉的土地上流亡

在我們的城堡
在我們熱愛的國家
沒有什麼比絕望
更加教人心痛
我說要帶你去

去一個更遠的地方

你曾經問我愛是什麼
我說像是一隻雪狐迷了路
穿越重重陷阱
終於找到那個不被打擾的家

趁著最黑暗的時刻還沒到來
跟我去吧，去更遠的地方
用愛說話的眼睛
把星星全都點亮

二〇一九、三

〈附錄一〉

重新分配——凌性傑談《你是我最艱難的信仰》

孫梓評

這一年，凌性傑（一九七四－）教學暫停，南北往返，初心是將自己放空，企圖反轉長期積累的習癖，清除心底雜物與情感線圈——若沒有這空白一年，工作總是第一優先，時間零餘才得以閱讀與寫作，運動更是奢想。他笑說，「清理人生有一個很重要的概念是：重新分配。」重新分配給家人、朋友、學生的陪伴；重新分配逐項行程的比重；或許，也包括重新分配三十年間寫過的字，從初登場到身心鍛鍊的近況，而有了《你是我最艱難的信仰》。

現在寫詩最看重心靈能量

凌性傑的同儕大概都無法否認其才華早熟與始終不老的娃娃臉恰是兩種極

端。當許多寫作路上摸索顛躓的孩子，還苦於模仿和如何把握聲腔，他早就中西古今雜讀、流行音樂灌溉，從而把握了技術，猶有餘裕分神「表演」，「散文語調會隨著年紀增長有異，詩抵抗時間的能量好像比較強，我第一本詩集最不成熟的地方是充滿實驗性，刻意用很多不是我的身分，去看世界。」諸多「他者」，如螢火蟲，小貓小狗，雨傘節，蝴蝶，或者乾脆變成另一個人，「那些過度包裝，張牙舞爪的陳述方式，其實是刻意跟生活語言產生區隔，想證明自己很有文學性。」

那約莫也是他最著迷傅柯（Michel Foucault，一九二六－一九八四）的階段。「所有能找到的繁簡體版中譯本傅柯我都讀了。」迷幻藥一般，閱讀之後，思想開始逾越，身體彷彿失去邊界，甚至企圖與體制衝撞。對精神能量帶來的刺激與戕害同時在萌芽：「他讓我充滿實驗跟批判的眼光，寫東西的時候天不怕地不怕。」停了一下，又說，「那時候的傅柯，就是我最艱難的信仰。」

然而，那樣的狀態是「愈來愈無法放過自己，連現實生活也被所讀的書影響」，約莫三十歲左右，「我開始重新閱讀古典詩。」凌性傑學術教養的養成，原就和古典親近，不再勉強自己生產論文後，「可以更輕鬆去讀古典，回到古老的旋律跟節奏之中。」

那麼，寫作狀態也隨之改變嗎？「我現在寫詩最看重心靈能量，過去則像要完成一場精采的秀。儘管我可能還會寫戰爭，死亡等主題，但處理這些材料的時候會更小心，因為我已不太對有毀滅力量的東西感興趣。」

忻慕古典得到的養分，除了擴充語彙，使白話更顯豐富，「古典詩的意象使用大多是鳥獸、草木之名，我希望當這些意象出現在都市中，不要有剪接之後的貼痕。此外，還有一種層次是把古典詩中的生活概念置放進現代，我在情詩裡做了不少這樣的嘗試。」

寫詩歷程中，最接近神祕體驗的時候

《你是我最艱難的信仰》分為五卷，亦是淩性傑寫作長期關注的五類面向。卷一是愛的理由充滿。卷二是生命難題與課題。卷三多選自首本詩集《解釋學的春天》，以動物眼光觀看世界。卷四成色複雜、來自生活觸發。卷五則是思索確切，文明的道理。經編輯瓊如建議，未結集新作散落於五卷之中，像星星找到應有的星座。

從已出版的四本詩集與八本散文進行精選，可想而知絕非輕便工程，編輯自己也像一次審判，組織篇章與安排次序，又毋寧是一種再創造，令人驚訝的是整本書比預期更為削薄，原在考慮之列的幾篇長文最終也沒有收入，「我編其他選集時，很堅持不要割裂別人的文章；出考題時，也很抗拒重新組裝別人的作品，盡量完整摘錄。」但這次自選集，除了打破慣例為每一篇安上時間座標，也截斷部分長文，「詩與詩之間所觸及的主題，如果能跟散文裡某些段落有氣息上的呼應，就留下那個部分，形成對話感。」

凌性傑曾在寫作中追求叛逆，或以虛構關注感興趣的主題，比如〈寂靜之光〉，其實是身邊朋友懷了雙胞胎，最後只有一個孩子活下來。「雖然那不是我經歷過的現實，但他人人生遭遇很吸引我，成為我想要書寫的主題。」就像他很喜歡山田詠美小說，也常想像自己是她筆下放蕩人物，「詩對我來說，有一種特別的通靈能力，我不想真正通靈，要善用那種感受能力，寫作是最好的方式。」

既然三十年間所寫可刪至五十篇，若更大刀闊斧只留一篇？「我應該會選擇〈螢火蟲之夢〉，因為那是寫詩歷程中，最接近神祕體驗的時候。」那時他在台東教書，每週一天前往花蓮讀博士班，某個五月看到螢火蟲季消息，拜訪了鯉魚潭，「那裡沒有光害，只有成千上萬的螢火蟲，有一條山澗，澗水流動之處，螢火蟲聚集在上方成群發光，看著看著會陷入一種奇妙的恍神狀態。」當晚回家後無法睡，把詩寫完才入眠，「那首詩的寫成，像《箭藝與禪心》作者所形容，箭不是我拉弓讓它射出，是它自己射出去的。那首詩好像不是我在寫它，而是詩透過我，讓它自身呈現出來。雖然作者註明是我，但應該有很多共同作者的存在——也許是偉大的造物者。」

真正艱難的，其實是「相信」

在進行重新分配和人生清理的途中，凌性傑提起前不久，「我在心靈上燒毀了一千多封信。」實際的情況則是，那些信被果決裝進四個大垃圾袋，摩托車且無法一趟載送完畢，「我分成兩批，我家垃圾車八點半才來，我等不及，五點半就載去隔壁街丟，丟完馬上衝回家拿另外兩袋。」此書部分訴說對象明顯、以代號現身的作品，就是信的寄件人。然而，「編輯過程中，這麼多不同的對象，又像都變成同一個人。」

於是，書名中的那個「你」是多義性的，「可能是不同人物，或我私心指涉的誰，也或許不存在現實世界，是我信仰的神或其他，甚至一種概念，詩與美，或對文字的想像。」真正艱難的，其實是「相信」。「三十歲之前，一如我很喜歡凱文．克萊的香水，一款叫真實（Truth），一款叫永恆（Eternity），那時，這兩個詞是緊密連接著在一起的。近幾年則一直在想，什麼是相信？」

是否「真實」與「永恆」露出破綻，才有了相信與否的為難？

這種心境的移動，也算一次除魅嗎？就像，千餘封信，都可以捨？「銷毀一千多封信，意味著，我也寄出過一千多封信，想想覺得好可怕。我希望那些熱烈的情感，可以被消滅，不要被記得。」如今善於重新分配的他，篤定地說，「相信——就是清理掉不要的東西，生命的價值更加確定了。」

〈附錄二〉

置身宇宙的某一處，擷取從靈魂深處傳來的回聲

回溯養成：身邊有可以一起討論文學的人，是非常幸福的事

Q 還記得你的第一次發表的作品嗎？那次的發表對你人生的影響是什麼？

凌性傑（以下簡稱「凌」） 第一次發表作品，是在鳳西國中校刊《鳳西少年》，開始了考試作文以外的書寫。正式向校外刊物投稿，則是救國團刊物《高青文粹》。高青文粹主編黃漢龍先生對我們這些中學生投稿者照顧有加，在他舉辦的營隊裡認識年紀相仿的書寫者，覺得自己的寫作是被支持的。有師長、同儕討論文學，可以驅散創作時的孤獨感。身邊有可以一起討論文學的人，是非常幸福的事。

Q　成長背景曾帶你創作養份嗎？你是怎麼使用（或遺棄）這個部份？

凌　少年窮困與自卑，可能是不願回顧的記憶，也可能是創作養分。現實生活中，我努力擺脫貧窮，遠離自卑。在文學創作裡，我把這些不愉快的事情變成藝術，妥善安置。我始終欠自己一篇文章，名稱叫做〈窮味道〉。貧窮直接影響了我的嗅覺與味覺，以前很討厭這樣，如今算是小康度日，便將它視為上天的恩賜。

然而，有一件事至今仍無法坦然書寫——我的童年時光，「性騷擾」這個詞彙還沒出現，但我知道自己對某些撫觸感到噁心。那種噁心感，到現在還是很難被藝術化處理。有些事情，有些人物，我希望永遠忘記，如果忘記比寫下來得容易的話。記得高中老師曾對我說，如果想讓文章枯燥乏味，寫考試壓力就可以了。每個人的成長背景都少不了考試壓力，但考試壓力這樣的素材真的好枯燥，前陣子我竟然寫了四千字回顧升大學考試，當然寫得其爛無比。還好寫完了，我可以遺棄這一切了。

Q　曾讀過哪些顛覆你對新詩想像的作品？

凌 雪維亞・普拉絲（Sylvia Plath）的《精靈》詩集，帶來音樂性的啟迪，同時刺激我對世界的想像。她的詩可以和小說《瓶中美人》對讀。

《精靈》原是普拉絲死前留在書桌上的手稿，詩集裡以強大精神氣質抵抗日常磨難，想像力驚人。讀碩士班期間，我住在嘉義民雄火車站旁的文化大樓，外文所的室友常在客廳以英文朗讀普拉絲的作品，那些神經質的氣音久久無法飄散。（深夜火車經過，地板震動，加深我的神經質。夢中似乎聽見普拉絲的詩。）

吳岱穎的《群像》詩集是近期最讓我驚嘆的作品。用一部詩集回應一個主題、一個時代，不管是控制力或思想深度，都展示了現代詩的新面貌。用現代詩傳遞思想深度，剖析現代人的心理徵象，《群像》裡有絕佳的示範。

此外，沈臨彬《方壺漁夫》形式特別，是我青春時光的最愛。雖歸類為手記，但書中盡是愛的囈語、詩的碎片。因為這本書，我深信談戀愛可以刺激書寫活動，詩可以寫得更好。年輕的時候想要把詩寫好，建議談一場心會揪在一起的戀愛。

Q　作品遭受批評、負面回應時，如何調適心態並堅持下去？後來做了哪些調整？

凌　學生時期一直參加文學獎，很喜歡閱讀評審記錄，用他人的眼光重新檢視自己的作品。不過，那些嘉勉或批評意見，都是聽聽就好，同意的就接受，不同意的就暫時擱置。〈螢火蟲之夢〉得獎的時候，楊牧老師的評語是最好的啟發，除了受到鼓舞，也讓我看見現代詩還有新的可能。

後來發現，被過度喜歡不是件好事，活在同溫層裡很難寫出有個性的東西。承認自己不被喜歡仍然快樂，我很慶幸擁有這種能力。

作品出版的時候，若是太在意他人評論，很容易陷在自戀或自憐的情緒裡，沒有辦法繼續開創新的寫作方向。寫作的人常常是自戀的，為了走向更遠的地方，可能還是要稍微克制一下自戀的狀態比較好。

精進技藝：不管是說話或寫作，每一次傳達心意都是在學習創作

Q　你覺得好的新詩最必要的條件是什麼？

凌　真正的詩可以深入人心，用聲音、用文字符號傳達情感與想法，產生最大的默契與感動。對我來說，詩是最光明的祕密，也是靈魂深處的回聲。我相信文字中存在著神靈，每個人最真樸的性靈可以與萬物相感通。所有文類中，詩可能不是最有效率的溝通形式，但卻是最具美感力量的。現代詩歌最迷人的作品，可以兼顧個性化的表達以及普遍的精神流動。

我喜歡讀起來好聽的詩，那會像是直抵靈魂深處的音樂。

有些詩只能回應當代議題，抽離那特定時空背景之後，就變得完全無法理解，也無法傳遞能量。這樣的作品，很難達成更遼闊的溝通。我偏好的新詩是比較有穿透力的那種，即便換了時空，仍然可以撞擊人心、直指人性，普遍且深入地讓人感動。

Q　你認為創作是可以學習的嗎？你平常是怎麼精進自己的創作？

凌　我認為創作是可以學的，但是很難教。廣泛閱讀是自學的最佳途徑，我很樂於做一個私淑者，取法古典與當代的名家，眼界就會拉高。

高中、大學、碩士班時期的我，聽遍一九九〇年代的流行歌，每一句歌詞幾乎都滲透到我的生活裡。我開始練習，一個句子接著另一個句子，最後成為整體，促使一個小宇宙誕生。把語句連接起來，產生美感和韻律，那就是最好的練習。

不管是說話或寫作，每一次傳達心意都是在學習創作。我們隨時可以自我檢視：傳達是否具備美感，是不是可以更精準、更有力量？我寫作的時候總是很依賴聽覺，不管寫詩或寫散文，很在意音調的高低起伏，音響效果是否諧美，讀起來好不好聽。欣賞別人的作品，我也喜歡貼近作品的聲音結構。古典詩的平仄安排、押韻形式給予我許多寫作養分，我常藉此學習怎樣在有限的字數、句數中完成最豐富的表達。

當然，才氣與天份不同，能夠抵達的境界也就不太一樣。

Q 平時如何蒐集素材當作創作時的靈感？創作者眾多，如何避免與他人太過雷同的思考方式？

凌 創作的材料無處不在，我常在捷運上打開某個私密的社群，社群裡有兩個帳號：我跟我自己。當某些概念出現，我就會發文留存在社群，另一個我會幫自己按讚，或是寫下回應。有些龐大的主題需要長時間經營，盡力收集資料。譬如寫歷史人物或事件的組詩、長詩，就得透過大量閱讀累積足夠的訊息。

寫詩的人最難的是寫出屬於自己的腔調與風格。我甚至認為，腔調口氣即是風格。同樣一件事、同樣一種想法，只要寫出專屬於自己的語氣，那就是與眾不同了。

經驗的貧乏可能也是創作一大阻礙。近幾年，我體會到中年日常的乏味無聊，教書工作可能太過單純、單調，於是有機會就出去旅行，看看世界其他角落的樣子。另外，我喜歡讀一些其他人不會讀的書，這可能也有助於塑造一個與眾不同的自我。

致創作新鮮人：身體是最原始的樂器，每一個新人，就像是新樂器

Q 新詩創作需要新人的理由？

凌　每個人的生理構造不同，說話各有節奏氣息，身體是最原始的樂器。每一個新人，就像是新樂器，可以為這個世界帶來多樣性的音樂。我很喜歡閱讀新人作品，在其中享受新的語言結構，聆聽全新的靈魂樂音。文學是有世代差異的，我們需要不同世代的感情觀、價值觀、世界觀，讓文學的面貌更豐富。

我編《2018臺灣詩選》時，特別注意到一些新的聲音，很喜歡這些新聲音帶來的閱讀樂趣。卓純華〈槲寄生〉、徐珮芬〈讓我為你建立一個國家〉、郭哲佑的〈夜宿塔塔加〉、林佑霖〈像我這樣的待業男子〉、李鄢伊〈她的母語日〉、陳昌遠〈接近〉、陳怡芬〈問事〉、帕麗夏〈結晶的友誼〉、陳柏煜的〈簡單的歌〉、翁書瑢的〈追星〉、林宇軒的〈迴圈〉……，他們的詩語言是那麼特別，讓我領略物種多元是這麼好的事。

Q　你參與過或評審過印象最深的高中校園文學獎是？為什麼？

凌　我最常擔任評審的高中校園文學獎是：建中紅樓文學獎、北一女文學獎、馭墨文學獎、竹中竹女聯合文學獎、台南四校聯合文學獎，因此印象深刻。

這幾項校園文學獎影響力驚人，培養出非常多的優秀作家。我常在這些青春寫手身上看見才氣跟天分，覺得羨慕不已。如果我重回高中時代，我絕對寫不出這麼優秀的作品啊。

或許因為自己高中時期得過雄中文學獎，於是對高雄數校聯合的馭墨文學獎有一份較特殊的感情。在馭墨文學獎裡，青春世代所呈現的南方經驗總是讓我動情，看他們的作品就像是在跟當年青春的自己對話。每一次為了評文學獎從台北回到高雄，那段路程似乎不只是空間的變換，更像是時間的穿越。馭墨文學獎對我來說，是一種穿越的機會。

Q　你認為現在年輕的寫作者優勢是什麼？

凌　年輕寫作者接收訊息的管道及方式，是極佳的優勢。另一個最根本的優勢是體力，創作也是一項體力活。我三十歲前寫論文，常可以日產萬字，現在完全無法有這麼好的書寫狀態，也不再能夠熬夜寫作了。

我很羨慕三十歲以下的寫作者，擁有一個非常開放多元的成長環境，只要有心就可以找到自己想要的訊息。

相較於我這個六年級世代，年輕寫作者很容易尋得創作、出版養分，自己辦營隊、參加課程、成立社群、印製刊物，都比從前便捷許多。這應該也是優勢。

Q 評審過這麼多的作品，你認為現在年輕的寫作者最常犯的錯誤是什麼？

凌 咦，年輕寫作者有常犯的錯誤嗎？我真是找不出來。

我只能說說自己曾經在年輕時犯下的錯誤。年輕往往氣盛，於是自以為是、目空一切，作品裡常出現虛張聲勢的樣子。有時太過自以為，認為別人應該都要懂得我自認高明的設計。總之，我的毛病太多了（大多跟態度有關），於是進步緩慢。一直要到二〇〇三年去鯉魚潭看螢火蟲，在眾多微光中體認到自己的卑微渺小，才比較可以明白詩的本質是什麼。

如何定義新詩？楊佳嫻╳凌性傑線上小對談

楊佳嫻：融合多樣化的語言與材料，以恰當的藝術手法，表現現代人內心與生活的皺褶。

凌性傑：我認為新詩的定義是——置身宇宙的某一處，擷取從靈魂深處傳來的回聲。

凌性傑：關於佳嫻新詩的定義，我的回應是：內心與生活的皺褶，用各種方式影響著我們的日常。詩人就是將遭遇賦予藝術的人。仔細撫摸那些微妙的皺褶，也許就是藝術化的起點。很喜歡某一原住民族的問候語，「我可以輕輕摸摸你的心嗎？」詩人可能就是喜歡摸摸萬物之心的人吧。所有美麗的摸心術，可能都是詩。

楊佳嫻：性傑的想法有一種「冥契」之感，好像人的內在隱約去呼應了宇宙，這呼應寫下來就是詩。

——二〇二一年一月二十一日《OKAPI閱讀生活誌》
青春博客來企劃「致創作新鮮人寫作備忘錄」

〈附錄三〉凌性傑創作年表

詩集

《解釋學的春天》（松濤文社，二〇〇四）
《海誓》（松濤文社，二〇〇八，初版。麥田出版，二〇一七，二版）
《愛抵達》（馥林文化，二〇一〇）
《有信仰的人》（馥林文化，二〇一一）
《島語》（麥田出版，二〇一七）

散文集

《關起來的時間》（小知堂，二〇〇五）
《燦爛時光》（爾雅出版，二〇〇七）

《找一個解釋》（馥林文化，二〇〇八，合著）
《2008／凌性傑》（爾雅出版，二〇〇九）
《有故事的人》（馥林文化，二〇一〇）
《更好的生活》（聯經出版，二〇一一，合著）
《自己的看法》（麥田出版，二〇一二）
《彷彿若有光》（麥田出版，二〇一三）
《慢行高雄》（木馬文化，二〇一五，合著）
《陪你讀的書》（麥田出版，二〇一五）
《男孩路》（麥田出版，二〇一六）
《文學少年遊》（有鹿文化，二〇二〇）
《年記1974：飄浮的時光》（尖端出版，二〇二〇）

你是我最艱難的信仰

凌性傑詩文選

作　　者　凌性傑

社　　長　陳蕙慧
副總編輯　陳瓊如
行銷企畫　陳雅雯、尹子麟、余一霞、黃毓純
特約編輯　崔舜華
封面設計　莊謹銘
內頁排版　黃暐鵬

讀書共和國集團社長　郭重興
發行人暨出版總監　曾大福
出　　版　木馬文化事業股份有限公司
發　　行　遠足文化事業股份有限公司
　　　　　231新北市新店區民權路108-2號9樓
電　　話　(02) 2218-1417
傳　　真　(02) 2218-0727
E-Mail　service@bookrep.com.tw
郵撥帳號　19588272木馬文化事業股份有限公司
客服專線　0800-221-029
法律顧問　華洋國際專利商標事務所　蘇文生律師
印　　刷　呈靖印刷股份有限公司
初版一刷　2020年05月05日

定　　價　430元

你是我最艱難的信仰：凌性傑詩文選／
凌性傑著
.－初版.－新北市：木馬文化出版；
遠足文化發行，2021.05
　面；　公分.
ISBN 978-986-359-905-0（精裝）
ISBN 978-986-359-908-1（精裝博客來簽名版）
863.4　　　　　　　　110006002